JN286068

思へば乱るる朱鷺色の

花川戸菖蒲

CHARADE
BUNKO

二見シャレード文庫

目次

イラスト——日輪早夜

思へば乱るる朱鷺色の

①

『椎名《しいな》くんですか？　添島《そえじま》です』

「……そんな人は知りません」

『F大で同期だった添島ですが、…』

「知りません」

そっけなく答えてガンとインターフォンの受話器を戻した。その受話器を手で押さえつけたまま、椎名朱鷺《とき》は一瞬で真《ま》っ赤《か》になった顔を自覚しつつ呟《つぶや》いた。

「添島って…嘘《うそ》やろ……」

添島。知らないわけがない。この三年、思わない日はなかった。その名前を耳にしただけで、壊れそうなくらい心臓が暴れだしている。添島……添島雄大《ゆうだい》。

「な、なんで、僕がここにおんの、知ってるん…」

うろたえていると、またしてもピンポーンとエントランスからの呼びだしが鳴った。ドキーッとしたが、きっと雄大やろうと無視を決めこむ。少し間を空けてまたピンポーン。無視。ピンポーン、ピンポーン。応答するまで鳴らし続ける気だろうか。

「ど、どうしよう…無視するしかない、けど…まさか一晩中鳴らし続けたりしぃへんよね…

し、正月早々、なんで、こんな…⁉」

そう、今日は一月六日だ。一月六日は正月だ、松飾りがあるうちは正月に決まっている。しかも時刻は夜の十一時だ。そんな日時にどうして雄大が？

「……あ、鳴りやんだ……」

一分ほどでピンポン攻撃は終わった。朱鷺はホッとする。分別のある大人なら、よほどのことがない限り、長時間のピンポン攻撃などしない。雄大に分別があってよかったと思った。同時に、朱鷺に怒り狂っているわけでもなくてよかった。

「怒るって…、あるわけないんやけどね。そんな個人的な感情を持つほど、雄大と僕は親しかったわけやないし」

ただの知り合いだった。たった三年半だけの。

朱鷺は思わぬ訪問者に鎮まらない鼓動をなだめようと、居間のソファに寝転がった。カーテンを開けた窓からは星のない夜空が見える。どこへ向かっていくのか飛行機の尾翼灯が横ぎった。

「飛行機……どこかへ行きたい……」

両腕で顔を覆い、朱鷺は溜め息《たいき》をついた。このマンションも引っ越したほうがいいんやろうかと思う。両親にしか教えていない、このマンション。どうやって雄大は見つけだしたのだろうか。そして、どうして？　なにをしに？

ピンポーン。

「はっ⁉」

考えていたらまたチャイムが鳴った。しかしこの音はエントランスからの呼びだし音ではない。玄関チャイムの音だ。

「え、誰《だれ》…」

こんな夜に誰やろうと思いながら、慌ててソファを下りてインターフォンに駆け寄った。

「はい？」

『隣の部屋の者ですが…、ちょっといいですか』

「あ、はい。じゃドアの前までどうぞ」

朱鷺の部屋は門扉つきのポーチが備わっているのだ。それにしても隣の部屋？と朱鷺は眉《まゆ》を寄せた。モニターに映った顔は、なんというか、恋愛には不自由しそうな容貌《ようぼう》だった。こんな人が住んでいたんやと少し驚いた朱鷺は、隣にどんな人が何人住んでいるかなど知りもしない。べつにうるさくした覚えはないし、部屋はきっちり綺麗《きれい》にしているから、異臭・悪臭が発生しているわけでもない。なんやろうと首を傾《かし》げつつ、それでも用心してチェーンをかけてドアを開けた朱鷺は、そこで予想外の顔を見つけて固まった。

「おまえさぁ、門前払いはないんじゃない？」

雄大だった。まぎれもなく添島雄大、あの頃と少しも変わらない……、いや、あの頃より数倍男っぽく、カッコよくなった雄大だったのだ。おそらくほかの入居者のあとをついてエントランスを突破したのだろう。営業マンや勧誘員がよく使う手口だ。

（そうやって中に入って、僕にドアを開けさせるために、わざと変な顔を作ってモニターに映るやなんて…!!）

朱鷺は口から出そうになった心臓をすんでのところで飲みこむと、ものすごく冷たい表情を作って、でも頬《ほお》の赤みは隠しようがなかったが、言った。

「誰？」

そのままドアを閉めようとした。けれど朱鷺がそうするだろうことは、エントランスでのひどい仕打ちで学習ずみなのか、雄大がガッと靴を挟んできたので失敗した。ギリッと眉を寄せた朱鷺に、雄大はにっこりと笑って言った。

「添島雄大です。F大学、社会経営学部、経営学科で、目の前の椎名朱鷺くんと同級生だった添島雄大です。これでも誰って聞く？」

「誰？」

「朱鷺ぃ…」

「誰だか知りませんけど、足どけてくれませんか」

「思いだしてくれるまでどけない」

「警察呼びますよ」

「どうぞ、どうぞ、お呼びください」

「……」

ムカックほど余裕を見せる雄大はやっぱり笑顔だ。朱鷺は十秒ほど雄大を睨《にら》んでいたが、こんな間近から「見つめ合って」いたら変な反応をしてしまいそうで、諦《あきら》めたように息をついた。

「…わかったし。足どけて。チェーン外すから」

「あ、うん」

素直に雄大が足を引っこめてくれる。朱鷺はもう一度溜め息をついてドアを閉めた。オートロックでガチッと鍵《かぎ》がかかる。その音に、ドアの向こうで雄大が「あっ」と言うのが聞こえた。朱鷺はニィッと意地の悪い笑いを浮かべ、

「甘いんや、雄大」

呟いた。シャットアウトを食らった雄大は、さすがにドアを叩《たた》いてくることはなかったが、代わりに今夜二度目のピンポン攻撃を開始した。ピンポーンと鳴らして二拍置く、ワルツのリズムで鳴らし続ける。朱鷺は十回まで数えたところでガバッと受話器を取った。

「近所迷惑や！　何時やて思ってんのんっ」

『ごめん、じゃ部屋に入れ…』

「絶対、入れへん！　帰り！」

ガンと受話器を戻し、破裂しそうな心臓を押さえた。近所迷惑という言葉がきいたのか、もうチャイムを鳴らしてこない。朱鷺は膝《ひざ》から力が抜けそうになって、ヨロヨロとソファに座りこんだ。

「信じられへんくらいカッコよくなってた…」

熱い頬を緊張で冷たくなってしまった手で押さえた。

「スーツは反則やん、雄大…」

なにしろ最後に雄大を見たのは大学生の時、つまり綿シャツにジーンズの雄大だ。逆に言えば、その姿の雄大しか知らない。

「シャツにジーンズが定番やってん。でも、スタイルはよかってんな、背ぇ高いし。…あ、スタイルええしカッコよく見えたんか」

朱鷺にとって地元・京都のF大学に、東京から来た雄大は、一人暮らしをしながら通学していた。入学してすぐ、最初に覚えたのが雄大の顔だった。一目見て、カッコイイなと思った。特別、お洒落《しゃれ》をしていたわけでもない。雄大はものすごくフツーだった。それでも目立ってカッコよかった。人怖《ひとお》じしないで、話しかけてきた人とはすぐに笑顔で友達になって、その笑顔がすごく人懐っこくて。

「もともと男前やもんね。きりっとした眉とはっきりした二重まぶたが、雄大の潔さをよく表してて」

つい今さっき見た、現在の、二十五歳の雄大の顔を思い浮かべて、顔を熱くした。

「あの頃より顔のラインががっちりしてたやんなぁ。男っぽさが増してた。スーッ、すごく似合ってたやん、ほんまにカッコイイよ雄大。カッコイイ、カッコイイ。……僕とは正反対や」

朱鷺は小さく笑った。東京に来るまで自分の顔なんかちゃんと見たこともなかった。けれどこちらに出てきてから、付き合った男たちにいろいろ言われたから、今では自分がどんな顔なのか客観的に言える。

なよやかな眉、けむるような黒目がちの瞳《ひとみ》、小振りで形のいい鼻、血の色が透けているような色の唇、男の両手に収まってしまう小さな顔……、それが自分の顔だ。本当に雄大とは正反対だ。

「あの頃は憧《あこが》れたもんねぇ…。雄大のそばにいたくて、いつも雄大を見ていて、やから雄大の心もカッコいいことを知って、もっと雄大に憧れたんや」

雄大はガチガチの品行方正男ではなかった。友達と集まれば反りが合わない同級生の悪口を言ったり、下ネタだってバンバン口にしていた。それでも真実、人を傷つけるようなことは言わなかった。その人が決して口にせず、心の中に隠し持っているコンプレックスも、雄大はごく自然にかぎとって、そこには絶対にふれなかった。

「女の子にも男にもモテたんは当たり前やんね。女の子とはホンマ、真面目《まじめ》に付き合ってたし、男はもう、先輩まで含めたら何人友達がいたんかわからへんくらいやった」

そして自分も、たくさんの雄大の友人……、いや、知り合いの中の一人だった。

「でも僕は惚《ほ》れちゃったんやけどね。彼女持ちの男やってわかってたのに、でも好きになっちゃったんや。好きで好きで、雄大のためならどんなことでもできるってくらい、好きやった。……今でも好きやけど、さ」

溜め息をついて台所に向かった。インスタントコーヒーでカフェオレを作る。カップに半分以上は牛乳だ。子供の飲み物のようなカフェオレをひとくち飲んで、朱鷺はクスクスと笑った。

「ホンマ、子供やってんよね」

あの頃の自分。雄大に会うまで恋をしたこともなかった、奥手というよりは未熟だった自分。実家は小さな組紐《くみひも》販売店を経営していたから、高校を卒業したら家業を見習おうと思っていたが、経営を学んでこいという父親の勧めで大学に進学して。

「で僕はアホみたいに、大学で彼女作って、卒業したら結婚して、なんて思っててんなぁ、商売をしてる家の長男と結婚してくれる女の子なんかいんのかなぁとか、そんなこと心配しててん。男が男を好きになるなんてこと、あるわけがないって、心底思ってたし」

だから雄大の彼女に嫉妬《しっと》している自分に気づいた時は愕然《がくぜん》とした。変態という言葉が頭に浮かんだくらいショックだった。もちろんそういう人種がいることはメディアを通して知っていた。けれどそれは自分がいる世界とは違う世界のことだと、無意識に思っていた。ああいう人たちは特殊なんだと、なにかよっぽどのことがあってそんなふうになってしまったのだと、……普通の人ではないのだと、思っていたのだ。

「そのフッーやない人になっちゃったわけやん。自分が異常なんやっていうことは、絶対に人に知られたらあかんて思って、やから雄大に気持ちを告げるどころか、苦しい恋を誰かに相談することもできひんかったし」

あの頃の自分にできたことは、雄大を取り巻く友人たちから、さらに十歩は離れたところから、そうっと見つめることだけだった。それすらも視線の意味を気づかれそうで怖かったくらいだ。雄大の姿を見ただけで胸が高鳴ったり、雄大の声を聞いただけで落ち着かなくなったり、あるいは雄大が彼女と歩いているところを見て胸が痛んだり、その彼女とすれ違った時にひどい憎しみを覚えたり……、そんな一途《いちず》な恋心は、心の中の一番奥に、鍵をかけてそっとしまっていた。

だから雄大は知らないはずだ。あの頃も、今も、朱鷺の気持ちには気づいていないはずだ。自分たちの「ただの知り合い、同級生」という関係は、朱鷺が大学を中退した時点で終わっていたはずなのだ。

「やのに雄大はここへ来た……」

どうして、と考えて、思い当ることは一つしかないと思った。「あのこと」だ。

「雄大が今でも僕を思いだすとか、気にする…理由は、『あのこと』しかないやんね…」

あのこと。大学を中退せざるを得なくなったあの事件。それにまつわる噂《うわさ》。

経営四回生の椎名朱鷺が、関係を持っていた史学の泉井《いずい》教授を、痴情のもつれから刺した
――。

「警察に呼ばれたり、僕自身、ショックで一週間、大学を休んでた間に、学内中に広まっちゃったんやもんね」

なぜそんな噂が流れたのか朱鷺には未《いま》だにわからない。たしかに泉井とは特別な関係にあった。けれどそれは肉体関係とも恋愛関係とも違う、他人には理解し難い関係で、痴情など発生しようもなかった。当時五十歳になったばかりの泉井は、羽を傷つけて飛べなくなった小鳥を労《いたわ》るような、そんな愛で朱鷺を包んでくれたのだ。もちろん泉井を傷つけたのは朱鷺ではない。それでもあの時泉井の部屋に朱鷺はいたし、119に電話したのも朱鷺。そして噂は真実のように広まったのだ。

顔も知らない人々から浴びせられる中傷、侮蔑《ぶべつ》の眼差《まなざ》し。吐き気をもよおすほど愚劣なメールやすれ違い様に投げつけられる雑言。友人たちは一人の例外もなく朱鷺と距離を置いた。

「わかんねんけどねぇ。教授と学生っていうだけでも問題やのに、それが男同士やん。さらに刺したてなったらねぇ……」

言いたいことは山ほどあった。言い訳でも弁解でもなく真実を話したかった。けれど泉井

のことを思って口を閉ざしていたのだ。あの時、朱鷺がなにをどう言っても、曲解されて、さらに醜悪なおひれをつけた噂が広まることは予想がついた。

「やから黙っててん。なにを言われても我慢しとってん。あと半年で卒業やったし、我慢して、泉井先生が退院しはったら丸く収まるて思って、でも……」

雄大がいたから。雄大にだけは冷たい目で見られたくなかったから。もしも雄大に汚いものや、恐ろしいものを見るような目で見られたらと思うと、大学になんか通えるわけがなかった。

「おまけに家の近所でもそんな噂が流れちゃってんなぁ……」

西陣《にしじん》の、実家のあるあたりは地域の付き合いが濃密だった。どこの家で赤ちゃんが生まれた、進学した、就職した、結婚したという話はすぐに広まったし、葬式があれば近所の人間が自然と手伝いに出た。そんな地域で、椎名組紐店の息子が男の先生と関係を持って、痴情のもつれから刺してしまったなどというスキャンダラスな話は、光速で広がるものだ。表向きは大変やったねぇと言う人々が、家の中でどんなことを話しているか、わかりすぎるくらいよくわかる。そんな息子に育てた両親がなにを言われているか、どんな目で見られているかも。しかも実家は商売をしているのだ。あのままあの家にいるわけにはいかなかった。いられるわけがなかった。だから大学を辞めて東京に出てきたのだ。逃げるように……いや、逃げたのだ。

「それを雄大は見つけて、やってきて…」

理由はやはり、あの事件のことしか考えられない。雄大が朱鷺に関心を持つとしたら、あの事件のことしかないはずだ。どうやって朱鷺の居場所を調べたのかわからないが、手間暇かけてここまで来たのは、くだらないことを言うためではないだろう。

「どうして来たん、なにしに来たん、雄大……わからへん…怖い…」

逃げだしてきたあとのことを朱鷺はなにも知らないのだ。

体がふるえた。それをごまかすためにぬるいカフェオレを無理に飲み、一つ深呼吸をして仕事部屋に戻った。

朱鷺の仕事はフリーのWEBデザイナーだ。一日の大半を仕事部屋で過ごすから、3LDKのマンションで、リビングと並んでベランダに面している、眺めのいい一室を仕事部屋に使っている。昼間は東大の緑の多い敷地が窓から見えるが、今は街灯と車のライトだけの寂しい眺めだ。今下を見たら帰っていく雄大の姿が見えるかなと思い、そんな未練がましい自分に苦笑を浮かべた。

「どうでもいいけど、このロゴ、ダサい…デザイナー誰や?」

パソコンのディスプレイを見て口をへの字に曲げた。関東圏で事業展開している、中堅の工務店のホームページをリニューアル中だ。今までは社員が作っていたらしいが、WEBの集客効果にようやく気づいた社長が、『もっとお客様を呼びこめる、いいホームページを作れ』と言いだして、担当者が朱鷺のセンスを気に入って依頼してきたのだ。

「フラッシュの最後にこのロゴがどーんと出てきたら、それまでのスマート感がぶち壊しやんねぇ……それが注文やから聞きますけど」

ぶつぶつ言いながらトップページから順にチェックしていく。中は朱鷺のセンスですべて作り直したから、まあまあお洒落だ。すごくお洒落に作らないのは、工務店には美容院が求めるようなすごいお洒落感は必要ないからだ。

「こんなもんやねぇ。お客様第一で、誠実、明朗会計、モダンな設計もお任せください…を表現すると、こんなもんやんねぇ」

自分を相手にお喋《しゃべ》りをして納得させていく。センス勝負の仕事だから、これで「完璧《かんぺき》」ということはない。昨日、完璧と思ったものが、寝て起きてみると全然ダメに感じることはしょっちゅうなのだ。

「あとはリンク繋《つな》げてOSチェックして、先様に見てもらって、オッケー出ればオッケーやね」

ホッと息をついた。週明け、月曜日の仕事始めと同時にサイトもリニューアルオープンだから、朱鷺の感覚としては余裕でできあがった。これから担当者にメールを送って、正月休み中のチェックを頼めばいい。

「あー、今日、明日、あさってが僕の正月休みやー、ようやく休めるー…」

今日はあと十分で終わってしまうが、ともかく休みが取れるのは嬉《うれ》しい。とはいえ、散歩中だろうが風呂《ふろ》に入っていようが、いつも頭のどこかで仕事のことを考えているのが自由業だから、休みと決めても真実休めるわけではない。それでも「休んでいい日」と決めた日は精神的にリラックスできる。

「ちょっと一服……、あれ？」

タバコの箱に手を伸ばした時、ドアチャイムが鳴った。ちらりと時計を見ればそろそろ零時。考えなくても鳴らしたのは雄大だろう。

「まだいたん？　いくら待っても無駄…」

ピンポン、ピンポン、ピンポーン！

連打だ。さっき近所迷惑やて言うたのに！　ドキドキ、ムカムカしながらリビングに走り、インターフォンの受話器を取って、

「やかましいっ！」

怒鳴りつけた朱鷺に、返ってきた答えは、

『朱鷺っ、トイレ貸してトイレッ、頼むっ』

……だった。もうがっくりだ。朱鷺は壁に手をついて体を支えながら言ってやった。

「駅行きっ、地下鉄の駅っ」

『無理っ、破裂しそうで歩けないっ』

「破裂!?」

『限界を感じてから三十分、我慢したんだよっ』

「限界を感じた時点で駅に行きっ、アホッ」

ガンと受話器を戻して足早に玄関に向かった。ポーチで用を足されたらたまったものではない。乱暴にドアを開けると、雄大はいかにも限界といった感じに、前屈《まえかが》みの体勢で立っていた。

「朱鷺もうヤバい、我慢しすぎて腹が痛い…っ」

「十歩でトイレに到達する。それまで絶対洩《も》らしなっ」

斜めがかった前傾姿勢でヨロヨロ歩く雄大をトイレに誘導した。ドアの前で待っているのもなんなので、雄大がすっきりしたら即叩きだしてやろうと、玄関で待った。玄関から左へ直角に廊下が曲がっているから、ここからだとトイレは見えない。少ししてドアが開いたのだろう、水の流れる音が聞こえた。

「お帰りはこちらです」

物入れに寄りかかって嫌味ったらしく声をかけた。だが雄大は答えない。それどころか姿も見せない。はい？　と思ってひょいと角から覗《のぞ》いたら、

「ちょっとちょっとちょっと!?」

あろうことか雄大は、玄関とは逆に廊下を進み、要するにリビングにいたのだ。

「ちょっと雄大っ」

慌ててリビングに駆け戻ると、雄大は床にあぐらをかいて、幸せそうな表情で言った。

「ここ床暖房？ あったかい、生き返るよ」

「誰が上がっていいなんて、…」

「本当はこたつにもぐりこみたいくらいなんだ、体冷えちゃってさぁ。熱いお茶一杯、もらえない？」

「冷えたのは自業自得やっ、お茶なんか出さへん、ええから帰りっ」

「じゃお湯でいいから飲ませて。シャレじゃなく体冷えてるんだよ。手、さわってみな」

「……」

すっと手を差しだされたが、さわれるはずがない。そんなことをしたら緊張していることがバレてしまう。朱鷺は無言で雄大に背中を向けると台所に入った。

(大好きなアイドルを前にした中学生なん、僕はーっ)

コーヒーをいれながら朱鷺は恥ずかしさで顔を赤くした。二十五にもなってなんたる様《ざま》やと思う。まるで初恋の相手を前にしたような……、いや、雄大は初恋の相手やから間違ってへん。そしたら思いがけへん恋にとまどってるような……、いやいや、今やって思いがけない恋を未練たらしく続行中なんやからこれも間違ってへん。

(えーとつまり…、そう！ 寝た相手の数なら確実に僕のほうが雄大よりも多いはずなんや

しっ、雄大が同じ部屋にいるからって、そばにいるからって、こんなに緊張するのはおかしいんやってっ）

今まで何人の男を誘惑したりあしらったりしてきたんや。そういう積まなくていい経験を積んできたのに、どうして肝心な時にそれが役に立たへんねん!? 自分でも信じられない純情ぶりに、朱鷺はムカムカしながらコーヒーをいれ終えた。深呼吸を三つして心を落ち着かせると、たぶん顔は赤くなっていないはず、と判断して台所を出た。

「飲んだら帰り」

「お、ありがと」

指先がふれるのでさえ怖くて床にカップを置いた。そんな朱鷺に雄大がふわりと微笑を浮かべてみせる。心搏数《しんぱくすう》が高まったことを自覚した朱鷺は、仕事部屋に逃げこもうとしたが、ズズッとコーヒーをすすった雄大の一言で固まった。

「砂糖一杯、ミルクなし。俺のコーヒーの好み、まだ覚えててくれたんだ？」

「…っ！」

しまったー！　と内心で朱鷺は叫んだ。ああそうや、雄大の好みなら食べ物から洋服から女の子まで、未だに全部覚えてんねん！　けれどそんなこと、言えるわけがない。どう対処すれば、と混乱すればするほど耳が熱くなっていく。泣きたい気分で突っ立っていると、雄大がにこっと笑って言った。

「座れば？　そんな逃げなくてもいいじゃん」

「逃げてへんっ」

「だよねぇー。はいじゃどうぞ、見るからに高そうなそのソファへ」

「……」

こういう言い方をされたらソファに座るしかない。朱鷺は自分でも恥ずかしくなるくらいぎくしゃくと歩き、なぜかそうっとソファに腰をおろした。自分の家にいんのに遠慮してどうすんのん⁉　と朱鷺はやっぱり混乱した。雄大はのんびりとコーヒーを飲んでいる。静かな室内に耐えられなくなって、テレビをつけた。意地で画面を見ていたが、内容なんかちっとも頭に入ってこない。少ししてズッとコーヒーを飲み干す音がした。これでようやく帰ってくれると思った時、ほがらかに雄大が言った。

「…ごちそうさま。ようやく体があったまった。ありがとう」

「いえいえ。それじゃお帰りください」

「あ、今晩泊めて」

「……はあ⁉」

とんでもない科白《せりふ》に正面から雄大を見つめた。

「なにアホ言ってんのん、泊めるわけないやん⁉　帰り、いいから帰り、とにかく帰りっ」

「そう言われても終電、終わってるしさ」

「せやったらタクシーで帰りっ、雄大の実家、東京やろ⁉ 一万かからへんよっ」

「東京といっても都内と都下では全然違いましてね、知ってるか朱鷺、東京にもまだ村があるんだぞ」

「知らんわっ」

「そういうわけだから泊めて」

「どういうわけやねん⁉ 大体雄大、なにしに来たん⁉」

「聞きたい？」

「……っ」

そう聞かれるのを待っていたように、雄大はニイッと笑ってみせた。用があるとすればあの事件に関係しているに違いないのだ。ぐっと言葉に詰まった朱鷺は、それでも意地で雄大を睨みつけた。睨みつけたが、視線を合わせていられるのは三秒が限界だ。ドキドキしすぎて息が苦しくなって、ツイと視線を外した。

（あのことはもう、言いたくないねん……、頼むし雄大、聞かんといて……、黙って帰ってや……）

朱鷺はゆっくりと呼吸をしてふるえそうになる体を押さえると、動揺を隠すために足を組み替えた。どうやって雄大を追い返そう、二度と来たくないて思わせるにはどうしたらいいやろう。考えて、朱鷺はふっと暗く笑った。そう、本当のことを言ってしまえばいい。今の朱鷺は昔の朱鷺とは違うのだと教えてしまえばいい。知れば雄大は二度と朱鷺に関《かか》わろうなんて思わなくなるはずだ。

朱鷺はわざと意地の悪い微笑を作って雄大に顔を向けた。

「あんなぁ、雄大。ここに泊まりたいってことやけど、このマンション、手切れ金代わりに男が買ってくれたものなん。そんな部屋に泊まれんのん？」

「へぇ、そうなんだ？　家賃いらなくていいな」

雄大の表情が驚愕と嫌悪に変わるのを待っていた朱鷺だから、この切り返し方には逆に驚かされた。しかも雄大はムカックほど素敵な笑顔なのだ。えっ、えっ!?　と小パニックを起こす朱鷺に、雄大は平気な顔で言った。

「もしかしてこれから彼氏が来るとか？」

「アホッ、自分の城に他人なんか入れへんよっ」

「あ、誰も来ないんだ？　じゃあ問題ないな、泊まらせてもらうね」

「泊めへんって言うてるやん!?」

「心配しなくても、おまえとの用をすませたら帰るよ」

「……」

自分との用。きっとあのこと。聞きたくない。

朱鷺は八十平米の空間に雄大と二人きり、という状況に心底動揺しながら、それでも平静を装って答えた。

「…始発までここにおりたいんやったらどうぞ。台所も風呂も、この家にあるものはなんでも勝手に使い。ただし僕の邪魔だけはしぃへんこと」

「邪魔ってひどくない？　べつに俺、なにも…」

「僕は仕事中なんです。それをさっきから雄大に思いっきり邪魔されとるんです」

「仕事中…って、え？　仕事持ち帰ってるの？　朱鷺の仕事ってなに？」

「WEBデザイン。ここは自宅兼事務所兼仕事場なんです。そして納期が目前なんです、焦っとるんです、わかったら邪魔しんといて」

「へぇ、朱鷺、社長かぁ、すごいな。わかった、邪魔しないよ」

「助かります」

冷たく言って立ち上がり、すたすたと仕事部屋に引きこもった。背中でパシンと引き戸を閉めたとたん、朱鷺はへにゃりと座りこんだ。

(ゆ、雄大と、二人きりで、話しちゃってんや…っ)

誰の目もないので安心して全身を真っ赤にした。思えばこれが初めてなのだ。内容はともかく、雄大とたった二人で話したのは。手を伸ばせば届く距離にいたのも初めてだし、正面から目を見たのだって初めてだし、なにより朱鷺にだけ向けられる微笑も初めてだったのだ。

「どうしよ…すごい幸せ…」

ほうっと息をついた。こんなふうに思われていると知ったら雄大は迷惑だろう。でもあと数時間で始発が運行され、そうすれば雄大は帰っていって、もう二度と会うことはないのだ。朱鷺のほうで会わないようにする。だったらこの数時間だけ、幸せでいてもいいやんと思った。

「好き、雄大…好き、好きなんや、すごく好き、雄大…」

引き戸の向こうで雄大が動く気配がする。それを感じながら、胸が痛むほどの幸せを味わった。しばらくして物音はしなくなった。きっと雄大はソファででも眠ったのだろう。床暖房だけでは寒いだろう、毛布くらい出してあげればよかったと思いつつ、朱鷺はのろのろと立ち上がった。

「…仕事しよう。仕事して、寝て、起きたら雄大はおらへん。……今夜のことは夢にしちゃえばいい。そうすればきっと泣かんくてすむ」

ものすごく幸せな夢になるなと朱鷺はほほえんだ。トンとキィを叩いて真っ暗な画面を復活させ、朱鷺は工務店のホームページを仕上げていった。

(なんの匂《にお》い…これ…)

なんだかおいしそうな匂いで目が覚めた。仕事部屋に置いた仮眠用のマットレスからぼんやりと体を起こす。たしか今朝《けさ》は四時半頃に、眠くて耐えられなくなってここに転がった。

このマットレスは本当の仮眠用、眠る暇もないくらい仕事が忙しい時にちょっと横になるために使っていて、いつもはちゃんと寝室でベッドに横になって眠る。けれど寝室はリビングを突っきっていかなくてはならないし、今日はリビングに雄大が寝ているはずだしで、寝室に行けなかったのだ。

(なんか…食べ物の匂いやんね…)

もー…とした頭で引き戸を開けた。雄大が帰る前に朝食でも作って、その匂いがこもっているのかと思った。が。

「あ、おはよう。…つーか、こんにちはだな」

「…なんでまだいんのーっ!?」

信じられない。雄大がいた。しかも台所からせっせと食べ物らしきものを食卓に運んでいるのだ。朱鷺は混乱しながら壁の時計を見上げた。

「十一時…十一時やん雄大、会社は!?」

「本日は土曜日ですから、会社は休みでございます。あんまりおまえが起きないもんだから、耐えられなくなって朝飯作ったところ。いつもこんな寝坊なのか?」

「朝ごはんて…」

「あるもの使って勝手に作った。ごめん、冷蔵庫、空っぽになっちゃったからさ、あとで買い物行こうな」

「ちょっと雄大、買い物って、いつまでここに、…」

「関東風の味になっちゃってるかもしれないけど、とにかく食べよう。はい、いただきます。ほら朱鷺も」

「あ…、いただきます」

食事を供されていりませんと断るような、そんな失礼な京都人はいない。ただしそれがまずかった場合、しっかりいただいたあとでイケズ攻撃を仕掛けるか、陰口を機関銃のように叩くのだ。朱鷺自身は食べ物を粗末にしたらいけませんと厳しく躾《しつ》けられてきたから、まずかろうがなんだろうが文句も言わずに食べる。見た目だけは朱鷺がいつも作る京風の味噌汁《みそ》を、内心では味つけに不安を覚えつつひとくち飲んで、朱鷺は「あ」と言った。

「おいしくできてる…」

「よかった。この味噌使って味噌汁作るの、三年ぶりだからさ。塩梅《あんばい》を失敗したかと思った」

「ううん、おいしいよ。よく味、覚えてたやん」

「だって最初に飲んだ時の衝撃たるやってもんで、忘れられないよ。この味噌、こっちじゃ簡単に手に入らないだろ？　いつもどうしてんの？」

「んー？　お母さんに送ってもらってる」

「そうなんだ？　じゃ料理もちゃんとしてるんだ？」

「やらへんよ。ていうかできひん。ずっと実家にいたから覚える機会がなかったし」

「あ、高校卒業直後の俺だ。基本がわかんないと作ろうにも作れないんだよな。俺は京都に引っ越す直前、母親に特訓を受けた。おまえさ朱鷺、千六本てわかんないだろ。ささがきもわかんないし、料理のサシスセソも知らないだろ」

「それくらい知ってるっ」

「へー。じゃあ言ってみな？」

「砂糖、塩、酢、セ、セ、セ…」

「セウユ。醤油《しょうゆ》だよ。最後、ソは？」

「ソース」

答えたとたんに大笑いされて、違うん!? と焦った朱鷺は、恥ずかしさに目元を赤くして雄大を睨んだ。

食卓は和やかな雰囲気に包まれている。雄大が朝食として用意してくれたのは、ハムエッグに大根おろしに味つけのり、そして味噌汁だ。これくらい朱鷺でも作れるから料理というほどのものではないが、初めて雄大の手料理を口にすることができて、朱鷺は嬉しくて幸せでたまらない。生まれて初めて好きな人と向かい合って食事をしているわけで、恥ずかしくて雄大の顔がまともに見られないほどだ。雄大に仕事のことをいろいろ聞かれて、朱鷺はうつむいたまま答えていた。

「うん、そう。ほとんどメールと電話でやりとりしてる。時々担当者と直接会って打ち合わせすることもあるけど」

「なるほどなぁ、製品…というか作品は、直接作ったホームページを見てもらえばいいんだもんな。でもじゃあ営業とかはどうしてんの？」

「僕は口コミで仕事もらってるけど……、WEBに自分のサイトを立ち上げてる同業者も多いん」

「口コミの依頼だけで食っていけるほど仕事取れるなんてすごいな！　才能…ていうか、センスの問題なのかな、こういう仕事は？」

「やと思うけど。技術的にはパソコンとソフトが使えれば誰でも就ける仕事やし。適正価格もないようなもんやから」

「いいものにはそれなりに払うってことか。市場原理に合ってる。ウチの会社も朱鷺に頼めばいいのに」

「僕の仕事、見たこともないくせに。そういえば雄大は…」

仕事なにしてんのん、と聞こうとして顔を上げ、雄大が少し怒ったような表情をしていることに気づいた。その視線は朱鷺の手首に注がれている。

（あ…っ）

とっさに両手をテーブルの下に隠した。しまった、いつもの癖でシャツの袖《そで》をひと折りしていた。雄大ははっきりと見ただろう、そこについている……傷跡を。両手首にぐるりと残る紫色の帯状のそれは、誰が見ても縛《いまし》められた跡だとわかる。こすれて出血したところは、たくさんの小さなかさぶたとなっていた。なぜ手首にこんな傷がついたのか……大人なら察しがつくだろう。きっと雄大も。その上で、どうして？　と聞いてくるだろう。聞くんやったら聞いたらいいやんと朱鷺は思った。聞いて、今度こそ嫌気を起こして出ていけばいい。

朱鷺はゆっくりと顔を上げた。正面から視線がぶつかる。やっぱり少し怒った顔をしている雄大に、朱鷺はことさらに意味深長な微笑を浮かべてみせた。そうや。この傷は、雄大が想像しているとおりのことをしてついた傷や。さあどうすんの？

「……」

「……」

雄大は黙って朱鷺を見つめるばかりだ。その表情が怒りから物問いたげなものに変わった。心配する気持ちが痛いほど伝わってくる。そんな顔しんといて、と朱鷺は思った。僕は雄大に心配されてもいいような男やない。……いたたまれなくなって視線を逸《そ》らそうとした時、雄大が溜め息を飲みこむように目を落とした。気持ちを切り替えるように味噌汁を口に運び、雄大は言った。

「そういえば朱鷺、金庫持ってないのか」

「……はっ!?」

とんでもなく予想外の言葉だ。一瞬で緊張が解け、朱鷺はあんまり驚きすぎて無意味に室内を見回してしまったほどだ。

「金庫って、金庫なんか持ってへんよ。金庫にしまうようなもの持ってへんし」

「えっ、金庫ないの⁉ じゃあ印鑑とか通帳とかどうしてるんだよ、まさか持ち歩いてるのか？」

「そんなわけないやん、そういうのはそこの引き出しにまとめて入れてんねん」

「それは危険だぞ、空き巣が入ったらどうするんだよ」

「入れへんよ。エントランスはオートロック、玄関もオートロック。ピッキングとかそういうのは絶対にできひん鍵やし、しかもここは十階。窓からやって入れへんよ」

「ふんふん、それでも部屋に侵入できるほどの空き巣なら、金庫の鍵なんて子供騙《だま》しってことか」

そういうことや、と答えた朱鷺に、それなら安心だと雄大は笑った。

食事を終えた朱鷺がいつものようにタバコを口にすると、チラリと視線をよこした雄大が独り言のように言った。

「タバコって体に悪いんだよなぁ。日々毒を喫《の》んでるようなもんだしなぁ」

「タバコが嫌いな人は、喫煙室に入らへんほうがいいと思うけどねぇ」

朱鷺のほうも独り言の風情で反論してやる。雄大は小さく苦笑をすると、さっと立ち上がって片づけを始めた。受動喫煙がいややったら出ていきと鼻を鳴らした朱鷺は、灰を落とそうとして、灰皿が綺麗に洗われていることに気づいた。いやがらせだ。朱鷺は内心でくそっと思いながら、わざと乱暴に灰を落とした。日が落ちて冷えこむ前には雄大も帰るだろう。帰ってもらわなくてはこっちがもたない。それまで無視してやると決めて、朱鷺は仕事部屋にこもった。

窓から見える空がすっかり赤く染まり、小腹が空《す》いたなと朱鷺が思った時、引き戸がノックされた。雄大が帰ると言いにきたのだろう。寂しい。悲しい。そんな気持ちを隠して朱鷺はわざとぶっきらぼうに答えた。

「開けてええよ」

「ん、失礼します…うおすげぇ、パソコンがいっぱいあるっ」

仕事部屋を見た雄大が目を丸くした。マックとマックとウィンドウズとウィンドウズ。WEBサイトの作成にはメインのマックを使っているから、四台フル稼働させるのは最終チェックのあたりからだが、朱鷺は特に説明もしないで振り返った。

「帰るんやったら勝手にどうぞ。オートロックやから鍵は勝手に閉まる」

「いや、買い物行こう。言っただろ、冷蔵庫が空っぽだって。あれじゃ晩飯作れないしさ」

「夜ごはんて…ちょっと、え!? まだいるつもりなん!? まさか今夜も泊めてなんて言わへんよな!?」

「今夜も泊まるけど？　だからほら、買い物行こうよ」

「冗談やない、帰り!!　今なら余裕で地下鉄走ってるやん、さあさあ帰りっ」

「帰らない」

「なんでっ!?　意味わからへんよ雄大、なにしに来たんや!?」

「聞きたい？」

「……っ」

　まただ。またこのパターンだ。にっこりと笑う雄大は訪ねてきた理由を聞かれたがっている。だけど朱鷺は聞きたくない。絶対に聞きたくない。聞かれたい雄大と聞きたくない朱鷺。両者がっぷりと四つに組んだ感じだ。朱鷺は考えた。

（今日…土曜日。今日も泊まったとして明日は日曜日。最悪明日も泊まられたとしてもその翌日、月曜は雄大も会社に行く。部屋を出る。そうしたら二度と入れへんかったらええんや）

　朱鷺は内心でうなずいて立ち上がった。

「ええよ。私生活には干渉しぃへんこと。それを守ってくれるんやったら、どうぞ好きなだけ泊まってください」

「ホント？　その言葉、嘘じゃないな？」

「うん。僕がなにをしようがどこへ行こうが一切口を出しな。僕も雄大には干渉しぃへん」

「はい、決まり」

雄大はにっこりと笑った。

「で、えーと、買い物なんだけど、今日だけ一緒に行ってくれないかな。スーパーの場所がわからないしさ、なにより買い物に出てそのまま締めだされたらたまんないし」

「あ、その手があったんや!!」

「朱鷺…」

がっくりと肩を落とす雄大の前で、その手は思いつかへんかった〜っと朱鷺は髪をかき回した。

そうして雄大と買い物に出た。雄大と並んで歩けることが幸せでたまらない朱鷺は、マンションからすぐのスーパーへ向かう道すがら、無意識にニコニコしてしまった。

「ここは二十四時間営業やから、生活時間が不規則な僕にはありがたいんや」

「ああ、今朝も起きるの遅かったもんなぁ。いつもあの時間に起きてるの?」

「寝るのが明け方やからね。忙しい時はもっとひどくなる。限界まで起きてて三時間仮眠、なんて日が続くと、日時がわからへんようになるよ」

「うわいやだな、二十一時間労働?」

「三日が限度やけどね」

そんなことを話しながら買い物をすませた。その夜は鍋《なべ》を作ってもらって感激した。なにしろ鍋は一人で食べる料理じゃない。悲しくなるからだ。それを雄大と二人で食べることが

できて朱鷺はとても幸せを感じた。食事のあと、やっぱりタバコに文句を言われ、朱鷺は無視し、のんびりお茶なんか飲みながらテレビを見て、どうでもいい話をした。

(夢みたいや……)

バラエティ番組を見ながら、朱鷺は久しぶりに声を立てて笑った。そばに雄大がいて、一緒に食事をして、テレビを見て、笑って、明日になって目を覚ましたらまた雄大がいる。本当に夢みたいだ。あと一日、明日ベッドに入るまでの夢。

(ちゃんと覚えておこう。雄大の顔、雄大の声、雄大の仕種《しぐさ》、雄大と一緒にいたこと)

あと三十二時間で覚める夢だ。今は精一杯、幸せを感じようと思った。

いってらっしゃい。

月曜の早朝、そう言って雄大を送りだした。自分でもびっくりするくらい幸せな気分だった。だからきっと顔だって幸せそうだったに違いない。

「いってらっしゃいって、結構ヤバい言葉やんねぇ。仕事に行って、ここへ戻っていらっしゃいって意味やもんねぇ……」

ふうっとタバコの煙を吐いて思った。いってらっしゃい。そう言えるのは幸せだ。見送った人が必ず自分のところへ戻ってくると確信できる言葉。いってきますと雄大が言うものだから、つられて返してしまったのだ。

「雄大はもう来ぃへんけど、いってきますって言うてもらって、いってらっしゃいって言えて、ほんまに嬉しかったなぁ」

朱鷺は小さくほほえんだ。雄大が帰っていって三日が過ぎている。朱鷺が心配するまでもなく、雄大は戻ってこなかった。よかったと思う。ホッとした。でもやっぱりとても寂しい。わかっていたことなのに寂しい。雄大を送りだして、寝ようと思ってベッドに入って、少し泣いた。号泣しなかったのは自分でも不思議だ。

「それにしてもアホやんなぁ雄大、着替えてから出社するって言うて、始発で帰るくらいやったら日曜の夜に帰ればよかったんや」

ギリギリまでここにいて、僕のそばにおって、なにがしたかったんやろうと朱鷺は思った。僕からなにを聞きだしたかったんやろう。今さら噂の真相を知ったところでなにが変わるわけでもないのに。

「……やめ。もうおしまいや。考えへん。それより真剣に引っ越し考えよう」

雄大がまた訪ねてこないとも限らないのだ。逃げなくては。過去から。

山盛りの灰皿にタバコを突っこんだ時、電話が鳴った。ちらりと時計を見ると夕方の五時半を過ぎている。クライアントやないよねぇと首を傾げつつ受話器を取ってみれば。

『あ、朱鷺？　荷物送ったからさ、そろそろ届くと思うんだ、受けとっといて』

「え、雄大!?　ちょっと待って荷物!?　荷物ってなに!?」

『じゃよろしく』

「よろしくって…雄大っ、雄大!?」

一方的に通話は切られた。なんなんや。荷物ってなんやの、それよりどうして雄大はここの電話番号まで知ってんのん!?

「えっと、なに？　どうしよう、えーと…」

軽いパニックに陥って新しいタバコをくわえた時、エントランスからのチャイムが鳴った。まさかと思って応対すれば、予想どおり宅配便だ。わけがわからないまままとりあえず運んでもらったら……。

「……なんなん、この量は……」

段ボール箱が十二個と、なにかわからないが巨大な梱包《こんぽう》が一つ。

「なんやねんこれ、どうしろっていうのん!?　もーっ、雄大っ」

電話をかけて事情を聞く!!　そう思ったが雄大の電話番号を知らないのだ。

「あーもーっ!!　…あっでも、宅配の伝票に雄大の電話番号が……、なにこれ、信じられへん!!」

慌てて伝票を見て、あんまりなことに朱鷺は髪に手を突っこんだ。伝票に堂々と記された送り主は「同上」となっていた。つまり、朱鷺が朱鷺自身に荷物を送ったことになっていたのだ！

「雄大〜…っ」

これでは雄大に電話で文句を言うどころか、荷物を送り返すこともできない。玄関ホールを埋め尽くす荷物を睨んで、捨ててやろうかと思った時だ。なんとなんと!!

「ただいま。お、荷物届いたか」

「……雄大ーっ!?」

それこそ信じられない。雄大が帰ってきたのだ。エントランスを開けた覚えはない、それどころか玄関のロックだって外した覚えはない、第一、どちらのチャイムも鳴らなかったではないか！　朱鷺は自分史上最大に混乱しながら、我がもの顔でリビングへ向かう雄大を追った。

「雄大、ちょっとこれどういうことなん、どうして雄大がここへ帰ってくんのんっ、どうやって鍵開けたん!?」

「うわ、タバコくさっ。空気清浄器買うしかないかな。お茶飲んだら荷物片づけるから心配しなくていいよ。でも晩飯は鍋、手抜きで悪いけど水炊き。食えるよな？」

「そんなことより鍵!!　どうやって開けてん!?」

「そりゃ鍵を使って」

ソファに上着を放った雄大は、ニイッと笑って朱鷺の目の前に鍵をつまんで見せた。朱鷺の目が驚きに見開かれる。

「それ…、ウチの鍵!! なんでっ、どうしてっ、この鍵は絶対合鍵が作れへん鍵やって…まさかマスターキー持ちだしたん!? ああっ、もしかして金庫の話はマスターキーの保管場所を聞きだすために…っ」

「大正解。オートロックを過信しないほうがいいぞ、朱鷺」

「泥棒! マスターキー返しっ」

「はい、お返しします」

そう言って、朱鷺に見せつけている鍵とはべつに、鍵を返してよこした。受けとった朱鷺はもちろん大混乱だ。

「嘘やんっ、なんで二本あんねんっ、これほんまにマスターキーなん!? じゃあ雄大が持ってんのはなに!? この鍵は合鍵作れへんねんよ!?」

「不正には作れないってこと。たしかにそのへんじゃ複製できない特殊な鍵だけど、マスターキーさえ持ってれば、鍵の専門店に行って、免許証とか身分証を提示すれば作ってもらえるんだよ。大体、合鍵が作れなかったら家族はどうするんだよ?」

「それはっ、そうやけどっ」

「はい、謎《なぞ》が解けたところでお茶飲ませて。一服したらすぐに荷ほどきするから」

「……荷ほどき？　ちょっと待って、まさかあの荷物っ」

「うん、衣類、布団、身の周りの物。実家から送った。今日からここに住むんで」

「……はぁ!?　嘘っ、ちょっと待ってっ、なんでそうなんのっ！　いやや、困る、絶対ダメッ」

　台所で悠々とお茶をいれる雄大の周りを、小型犬のようにくるくると回って朱鷺は訴えた。雄大は湯呑《ゆの》みを持ってやっぱり悠々とソファへ行き、どっしりと腰をおろし、ゆったりとお茶をすすってから答えた。

「使ってない部屋が一つあるじゃん、あそこ借りるから」

「借りるからって、僕は許可してへんっ」

「私生活に干渉しなければ、好きなだけ泊まっていいって言っただろ」

「あんなん本気にするほうがおかしいねんっ」

「約束は守るからさ。おまえがなにをしようが口は出さない。どこへ行こうが行き先は聞かない。だから間借りさせて」

「どう…っ」

　どうして、という言葉は飲みこんだ。聞きたい？　と返されることはわかっている。

（……もういい）

　朱鷺は唇を噛《か》んだ。どうしてなんて聞いてやらへん。話すきっかけなんか作ってやらへん。

無視してやる。こんなおかしなことになった原因、雄大が訪ねてきた理由、それをとことん無視してやる。

「勝手にしぃ」

「うん。勝手にする」

冷たく言った朱鷺に、雄大はひどく優しくほほえんだ。どうしてそんなふうに微笑《わら》うのかわからない。その微笑がなぜか怖くて、朱鷺は仕事部屋に逃げこんだ。


雄大が住み着いた。気まぐれな神様のように。やってきた理由はわからない……いや、聞きたくない。いつ帰っていくのかもわからない。朱鷺の寝室の隣に、ビーバーのようにいろいろなものを持ちこんで、がっちり巣を作ってしまった。

「やっぱさぁ、外食や弁当ばっかりじゃ体によくないよなぁ」

押しかけ女房のように雄大がやってきた夜、約束の水炊きを作った雄大が独り言の風情で言った。聞いてもいない振りをする朱鷺に、構わずに雄大は独り言を続けた。

「これから毎晩、俺が晩飯作ろうかなぁ」

「……」

「でもって仕事で遅くなって作れない時は、電話しちゃおうかなぁ」

「……」

そんな優しいことを言われても、朱鷺に答えられるはずがない。困ってちらりと雄大を見たら、慈しむとしかいいようのない、ひどく優しい微笑を浮かべて朱鷺を見つめていた。そんな眼差しで見られる理由がわからない。朱鷺は顔が熱くなるのを自覚して、慌てて面を伏せると、赤面の言い訳にもならないことを言った。

「水菜、入れると、もっとおいしい、のに……」

「そう思ったんだけど、そこのスーパーで売ってなかったんだ。水菜が手に入ったらまた鍋作るよ。……と、独り言を呟く俺」

「……」

朱鷺は顔を伏せたまま小さく笑った。食卓の向こうで雄大も微笑する気配がした。

そんなふうに雄大のいる生活は始まった。

雄大は朝会社に行って、夜戻ってきて、二人分の夕食を作る。晩飯できた、と声をかけてくるが、晩飯食え、とは言わない。食卓につけとも言わない。約束どおり、朱鷺にはなにも強いない。ただ雄大はいつも必ず二人分の夕食を用意した。そして朱鷺も仕方なくを装って食卓につき、おいしい食事をいただいた。

いつのまにか朱鷺は馴《な》れていた。雄大がいることに。雄大と二人で夕食をとることに。食事をしながら雄大の話を聞く楽しさに。雄大はなにも聞いてこない、ただ一方的に喋る。そんな言葉の端々から今の雄大を知ることができて、朱鷺は幸せだった。

「プラスチック成型の小さな会社に勤めてるって言うてたけど…」

ふっと仕事の手を止めて、窓から見えるくすんだオレンジ色の残照に目をやった。

「プラスチック成型ってあれやんね、シャンプーのボトルとかクリームの容器とか、ああいうの作ってるんやんね」

朱鷺のクライアントにもプラスチック成型の企業がある。素材名や商品名は専門的すぎて朱鷺にはわからないが、サイトにアップする製品写真は見ているから、どんなものを作っているのかは知っている。携帯電話の外側もプラスチックだということは、その企業のホームページを手がけて初めて知った朱鷺だ。

「雄大の会社はなに作ってるんやろ……洗面器とかゴミバケツとかかな。営業から現場から総務事務から、社長の運転手をする時もあるって言うてたよねぇ……、一人でいくつも兼務するのって、中小企業の社員の宿命なんかな？」

椅子《いす》から立ち上がって窓辺に寄り、無意識にタバコをくわえて首を傾げた。朱鷺は企業に勤めたことがないから、会社という組織がどんなふうに動いているのか見当もつかない。それにしても雄大はなぜそんな小さな会社を選んだんやろうと思った。ぶっちゃけ、F大の経営を出ていれば、もっと名の通った企業に就職できたはずなのに。

「でも雄大らしいや。会社の規模なんか関係ないんやんね。自分のやりたいこと、やりたい仕事をしてるだけ」

やっぱりカッコイイなぁと思った。自分の人生をしっかり歩いている男はカッコイイ。雄大なら二十年後もバリバリ働いている自分を想像することができるはずだ。それに比べて自分は五年後……いや、一年後のことすらわからない。

「ちゃんと生きてんのかなぁ」

細く煙を吐きだし、クスクスと笑った。消えかかっている手首の擦り傷を見てさらに笑った。笑いながら少し泣いた。自分でもアホなことをしていると思う。でもやめられないのだ。

「さて、更新作業、進めよう」

タバコを灰皿に突っこんで、朱鷺はパソコンと向き合った。クライアントから送られてきたデータをとりあえずコピー・ペーストしていると、台所で物音がした。

「……え？　まだ五時前……、雄大やないよね……」

ドキリとしながら立ち上がった。雄大にオートロックを過信するなと言われているが、マンション内へはともかく、室内には鍵がなければ絶対に入れないはずだ。もし不審者だったら警察に電話…、そう思ってケータイを手にドキドキしながらそうっと引き戸を開けてうかがってみたら、なぜか雄大が帰っている。ドッと緊張が解けて、朱鷺は溜め息をつきながら引き戸を開けた。

「びっくりさせんといてよ雄大～…。こんな時間に帰ってきて、誰かと思うやん」

「あー、ごめん。出先から直帰したから、早く帰ってこられた。ジャジャーン、水菜ゲット。

今夜は鍋だぞー」

「あ、ほんまに水菜やぁ。なに鍋すんの？」

「鱈《たら》買ってきたんだ。豆乳も買ってきたんだけどさ、水菜プラス鱈プラス豆乳ってイケると思う？」

「豆乳と水菜…うーん…やってみたら？　でもなんで豆乳なん」

「だって流行《はや》ってるんだろ？」

「え、そうなん？…っと電話」

タッと自宅電話に駆け寄って受話器を取った。

「はい椎名です……、あ、いつもお世話になっております。なにか問題でも……」

クライアントからの電話だった。見積もりフォームの仕様を早急に変更してほしいという依頼だ。

「ポップアップメニューをラジオボタンに変更ですね？　変更はすべての項目を？　…はい…はい…納期のほうは…」

二十分ほど話して打ち合わせを終え、受話器を戻した朱鷺は、白菜を持った雄大が少しびっくりした表情を浮かべていることに気づいた。

「…なに？」

「いや、すげぇなと思って。ほぼ完璧な東京語だよ。おまえ、俺と話す時だけ京言葉なんだ？」

「あ…」

ひどく嬉しそうに雄大に指摘されて、初めて自分が雄大の前でだけは京言葉を使っていたことに気づいた。しまった、と思った時には大赤面していた。引っ越してきた時にそれまでの自分は捨てるつもりでいた、だから必死に東京の言葉を覚え、耳のいい人以外には京都出身ということすら気づかせないほど注意してきた。それなのに、魔法のように雄大が目の前に現われたとたん、時間が逆戻りしたみたいに素の自分が出てしまったのだ。

（どうしよう、どうしようっ、僕は浮かれてたん⁉　はしゃいでたん⁉　雄大がいて幸せやって、雄大が好きやって、気づかれたん⁉）

朱鷺は緊張した。今からでもいい、ガードを固めろと自分に命じた。幸せな時間はもうおしまい。この気持ちを雄大に気づかれてはいけない。絶対に気づかれてはいけない……今となってはなおさら。

すう、と深く息を吸って朱鷺は心のシャッターを下ろした。その変化に気づかず、雄大はやはり嬉しそうに笑って言った。

「やっぱり朱鷺は京言葉を話してるほうが、らしいよ。東京語使うと別人みたいだぞ」

「ありがと」

「おいおい、誉《ほ》めてないんだけど。でもよく覚えたよなぁ、イントネーション変えるの大変だったろ？」

「べつに。東京の男と付き合《つお》うてれば、自然と東京の言葉になんねん。ベッドの中でのお勉強ってやつや」

薄く笑って雄大を見た。いやな顔をしていればいい、蔑《さげす》むような表情を浮かべていればいい。そう期待したのに、雄大は動じるどころか、なんだか子供をからかう時のような表情で言ったのだ。

「なるほどね。今、彼氏いるの？」

「……おかげ様で、抱いてくれる男には事欠かへんよ」

「そうじゃなくてさ、彼氏だよ。決まった彼氏、いるの？」

「そんな面倒なんは作らへん」

「へぇ、そうなんだ」

そう言ってクククッと雄大は笑った。なにが面白いのか朱鷺にはちっともわからない。バカにしている感じでもないし、動揺させようとした朱鷺のほうが動揺してしまった。困ってとっさにタバコをくわえると、ふいっと流し台に向いた雄大が、白菜をまないたに載せ、いつもの独り言の風情で苦情を言った。

「タバコはホントに体によくないんだよなぁ。台所で吸われると食器にも食材にも匂いが移るしなぁ」

「タバコを吸う人間には、匂いが移る、移らへんなんて関係ないしねぇ」

言い返して、わざとタバコに火をつけ、ふうっと煙を吐きだした。これにはさすがに雄大もムッとしたようだ。おまえね、と言って雄大が振り返った時、今度はケータイが鳴った。

朱鷺は真っすぐに雄大を見つめ、微笑を作って言った。

「男からメールや。デートの誘いかな」

「へぇ。メールも東京語で返すのか?」

「……そうや」

朱鷺がなにを言っても平気な顔でいる雄大に腹が立った。どうしていやな顔をしぃへんの。どうして非難がましいことを言わへんのん。雄大にいやな思いをさして、僕に愛想を尽かして、二度と僕と関わりを持ちたくないて、そう思わせたいのに。雄大を遠ざけたいのに。どうして雄大はすべてを受け入れるんや。なんで黙ってそばにいるん。

(わからへんよ雄大、もう勘弁してや…っ。こんなふうに優しくされたら昔のことを忘れそうやんっ、なにもなかったことにしそうやんっ、なにもなかったことにしてっ、今度こそ雄大に好きやて言うてしまいそうやん、心全部ぶつけそうやん…っ)

そうできたらどんなに楽か。

できないのは振られることが怖いからじゃない、振られることなんかわかっている。ただ、自分はもう昔の自分とは違うのだ。失恋して、泣いて、諦めて。……そうはできない自分を知っている。

「……」

雄大の視線を痛いほど感じながらメールに返事を打つ。思ったとおり、デートの誘いだった。朱鷺はフンと鼻を鳴らした。デート。男にごちそうさせて、代わりにヤらせてやる、そういうデート。お互いに愛なんかかけらもない、体だけの付き合い。……吐き気がする。

朱鷺はパクンとケータイを閉じて、なまめかしい微笑を浮かべた。

「これから出かけます」

「やっぱデート？」

「そういうこと」

「わかった」

雄大は優しい微笑を浮かべてうなずいた。またこの微笑だ。朱鷺のすべてを受け入れているような微笑。あるいは見守っているような。ふいに涙が出そうになって、朱鷺は逃げるように風呂場に向かった。

風呂で体を磨いて、いい匂いをさせて、男が似合うと言った色の服を身につけて。身仕度を整えて玄関に向かった朱鷺は、見送りについてきた雄大の独り言を、靴を履きながら聞いた。

「そうすると、晩飯はデートの相手にゴチになるわけだよなぁ」

「……」

「水菜がしおれたらもったいないから、やっぱり鍋作って、一人で食っちゃおうっと。……朱鷺」

「……」

「朱鷺。……朱鷺！」

「…なに!?」

強い語調に内心でビクリとして振り返った朱鷺に、雄大は怖いくらい真剣な表情で言った。

「いってらっしゃい」

「……っ」

その言葉が胸に突きささった。朱鷺は唇を噛み、乱暴に玄関を出た。


「ん…っ」

手首に、胸に、ロープが食いこむ。乱暴にベッドに突き倒されて、後ろ手に縛られた肩が痛んだ。

「膝を立てて、足を開きなさい」

「うん……」

男に言われるまま足を開き、朱鷺は醒《さ》めた目で男を見上げた。証券アナリストだという男。

金持ちだということは、朱鷺と一晩を楽しむためだけに、このスイートルームを買ったことからわかる。朱鷺の男はいつも金持ちだ。最初の男が金持ちだったからなのか、朱鷺は気のきいた贈答品のように、金持ちの男から男へと引き渡される。

（雄大……）

淫《みだ》らに足を開いたまま固定され、朱鷺は男をぼんやりと見つめながら雄大を思った。本当は来たくなんかなかった。雄大がいるのに。あのまま部屋にいて、雄大が作った鍋を食べて、雄大の姿を見て、声を聞いて、笑顔を見ていたかった。たった三日の夢のはずが五日になり、十日になり、雄大のそばにいることに馴れ、雄大の帰りを待ちわびるようになり、生身の雄大を感じて、もっともっと雄大が好きになってしまった。

（雄大、雄大……）

本当は雄大にふれたくてたまらない。雄大にすがりついて、雄大から抱きしめられたらどんなに幸せだろう。雄大に口づけをされたらきっと立っていられなくなる。雄大に名前を呼ばれて、雄大のゴツゴツしてた手で体中を撫《な》で回されたら、それだけでイッてしまうに違いない。そしてもし、もし雄大に抱かれたら。雄大の熱を、硬さを、この身で受け入れることができたら。

（きっと幸せすぎて、どうにかなる……）

雄大が好きだ。好きで好きで……その気持ちが膨らみすぎて、体が破裂しそうだ。

「あっ、あぁっ」

　いきなり後ろにおもちゃを押しこまれて朱鷺は悲鳴をあげた。ロープで縛められた体は苦痛に身をよじることもできない。そのまま男がおもちゃのスイッチを入れる。吐き気のするような振動に犯されて、朱鷺が涙をこぼすと、上から男の優しい声が降ってきた。

「苦しい？　ぼんやりしてるからだよ」

「ごめ、なさ…」

「好きな男のことでも考えていた？」

「……考え、てた…」

「バカな子だね。一生かけても振り向いてもらえない男を、一生好きでいるつもりか？」

「だ…って、好き、だから…っ」

「そいつのことを考えて、寂しくて泣くんだろう？　そいつにさわってほしくて、抱いてほしくて。ん？」

「言わない、で…っ」

「でもそいつが抱くのは女だけなんだろう？　こんなふうにおまえの後ろを可愛《かわい》がってくれることはない」

「いやっ…あ…っ」

　深くおもちゃを押しこまれて、その衝撃に朱鷺は涙をこぼした。男はネクタイを緩めながら優しい声で続けた。

「いやならやめるよ。すぐに家に帰してあげる。帰るかい？　帰ってそいつのことを思って一人で泣く？」

「あ……、い、や……」

「そう、泣くのはいやだね。手の届かない王子様を忘れたいんだろう？　一晩だけでも。さあどうする？　帰るかい？　それともここにいる？」

「あ…あ…」

「決めるのはおまえだ。おまえの頼みならなんでも聞くよ。綺麗で可哀相《かわいそう》な朱鷺」

「あぁ…っ」

振動したままのおもちゃを乱暴に動かされて、朱鷺は鳥肌を立てながら涙で濡《ぬ》れた目を男に向けた。

「お願い……、もっと…ひどく、して…」

「……本当にバカな子だね」

苦笑で答えた男がゆっくりとズボンからベルトを抜きとった。二つ折りにしたベルトを男がパンと鳴らす。朱鷺は恐怖に小さく体をふるわせ、それでも男のくれる苦痛を待った。ひどく、ひどくしてほしい。めちゃくちゃにしてほしい。

雄大のことを考えられなくなるくらい。

マンションに戻ったのは夜明け前だった。午前五時。疲れた体をタクシーから引きずり下ろして、朱鷺は溜め息をついた。

「ああ…、雄大が、いるんや…」

今までだったら体の痛みで、三日は雄大のことを忘れていられたのに。雄大が家にいる今はそれすらもできない。

「雄大が、いる……」

朱鷺は小さく笑った。雄大がいるとつらい。苦しい。でも雄大がいると、それだけで幸せだ。バカな子だと男は言っていた。そんなこと、言われなくても自分が一番よく知っている。

崩れそうになる膝を叱《しか》りつけて、なんとか部屋にたどりつく。玄関の鍵をそうっと開けた。玄関ホールの明かりはつけない。雄大の部屋は玄関から一番近いから、起こしたくなかった。その場にコートを放り置き、できる限り音を立てないように部屋に上がった。いつものように台所の流しの蛍光灯だけがつけられたリビングへと進み……、朱鷺は呼吸を止めた。

「……お帰り」

雄大が、いた。薄暗いリビングのソファで、テレビを見るでもなく、コーヒーを飲むでもなく、ただ座って、朱鷺の帰りを待っていた。

「ゆ…だい…」

「……」

雄大はなにも言わない。朱鷺の私生活については一切口を出さないという、あの約束を守って。怒りを押し隠しているような無表情で朱鷺を正面から見つめてくるだけだ。朱鷺を射すくめるその視線がゆっくりと、首筋から胸元、手首へと落ちていく。ずるいよ、と朱鷺は思った。

(起きてるなんて、思わへんもん……)

家に着くまではコートで隠しておけばいいと思って、シャツはほとんど羽織っているだけという風情だ。体につけられたいくつもの醜い傷跡を、雄大の目にさらしてしまった。

(…今さら、どうってことない)

朱鷺は唇を噛み、冷蔵庫からミネラルウォーターのボトルを取って寝室に逃げこんだ。ベッドに倒れこんだら傷が痛んで顔をしかめた。のろのろと体を起こして、流した涙と汗の分、水を飲んだ。

「なんか…体が痛くて、寝られそうもない、なぁ…」

クスクスと笑った。体から血の匂いがする。打たれた皮膚が擦りきれて、血がにじんでいるのだ。

「…着替えよう…」

そう思ったけれど体が動かない。スイッチの切れたロボットのようにベッドに座りこみ、

なんとかシャツだけは脱いだ。小さな血の跡がたくさんついている。背中、どうなっちゃってるんやろうと朱鷺はクスクス笑った。その時だ。ノックもなしでいきなりドアが開いた。

「…っ!?」

驚いて顔を上げれば、立っていたのは雄大だ。あらわになった朱鷺の上半身を見てギリッと眉を寄せた。とっさに、怒鳴られると思って朱鷺は身をすくめたが、雄大はなにかを振りきるように強く頭を振っただけで、黙って朱鷺の横に腰をおろした。

「雄大…」

「黙ってろ」

「雄大っ」

「俺はおまえのすることに口を出さない。だからおまえも俺のすることに口を出すな」

「…っ」

言い返せなくて、朱鷺は雄大から顔を背けた。雄大は黙って傷の手当てをしていく。消毒をして、妙な臭《にお》いのする薬を塗って。朱鷺の家にはどちらの薬もないから、きっと雄大が実家から持ってきたんだろうと思った。雄大は丁寧に薬を塗っていく。背中にも腕にも、腹にも胸にも、首筋にも。薬を塗られるたびに鋭い痛みが走って、けれどそれすら雄大にさわられていると思えば嬉しくて、朱鷺はそんな自分を狂っていると思った。

「……薬、置いていく。下は自分で手当てしろ」

「……」

朱鷺は返事をしなかった。返事のしようがなかった。黙ったままの朱鷺に雄大は溜め息を返し、部屋を出ていった。なにも聞かない雄大。朱鷺をなじることもしない雄大。痛い、と朱鷺は思った。雄大の押し殺された怒りが、朱鷺を心配する優しさが、痛い。体の傷よりもなによりも、胸が痛かった――。

目が覚めた時には正午を回っていた。眠れないと思っていたのにいつのまにか寝ていたようだ。雄大の薬のおかげかなと苦く笑ってベッドを下りた朱鷺は、リビングに雄大を発見して驚いた。

（あ、今日は休みか…）

曜日など関係ない仕事をしているから、つい週末を忘れてしまう。朱鷺の気配を感じたのか、雄大がふっと振り返った。

「あ、おは…じゃないな、おそよう」

「……、おはよう」

いたずらっぽい微笑でそう言われて、朱鷺もとっさに挨拶《あいさつ》を返した。雄大は昨夜《ゆうべ》のことなど忘れたように、なんでもない顔で食卓に昼食を並べていく。朱鷺は小さく溜め息をついた。礼を言うタイミングを逃してしまった。ごめんなさい、ありがとうと心の中で言って、パジャマのまま食卓についた。

出されたのはうどんだ。こればかりは関東風の味つけになってしまうのか、朱鷺には少々塩辛かったが、それでも起き抜けの胃袋と疲れた体には優しい。これも雄大の思いやりだと思った。昨夜と同じ、黙って朱鷺を心配して、黙って朱鷺に心をかけて、黙って朱鷺を大切にする。

（ずるいやん…雄大…）

綱渡りをする自分を想像した。安全ネットもなく綱渡りをする自分。今までは落ちてもいいやと思っていたのに、下で雄大が受けとめるために待っていると思うと、落ちることさえできない。雄大を巻きこんで怪我《けが》をさせたら大変だから。

（ずるいやん雄大…、もう、綱から落ちることもできひんやん…）

食後、いつもの癖でタバコをくわえたら、とたんに雄大が独り言を呟いた。

「今時タバコを吸う男は嫌われるよなぁ」

「……デートの時は風呂に入ってから行くし平気です」

「そりゃそうかもしれないけど」

台所に引っこんだ雄大が、今度は皿に盛ったリンゴを運んできた。食卓に出しがてら、ふいをついて朱鷺の肩口に顔を寄せた。

「服にも臭いがつくんだよなぁ」

「……っ」

いきなり雄大に大接近されて、もちろん朱鷺は燃えるほど顔を赤くした。顔だけではない、全身を真っ赤にした。言葉なんか返せるはずもなく、ただ固まっていると、向かいに座った雄大が、シャリッとリンゴを齧《かじ》って独り言を言った。

「タバコを吸う人にはビタミンCが必要なんだよなぁ。リンゴを食べるといいんだよなぁ」

「……」

頭に血が昇ってしまっている朱鷺はどうすればいいのかわからない。機械的に皿に手を伸ばした朱鷺は、つまんだリンゴがウサギちゃんになっていることに気づき、思わず笑ってしまった。雄大がリンゴでウサギちゃんを作るなんて！　おかしくて、ふっと雄大に視線を向けたら、雄大はあの、ひどく優しい微笑を浮かべていた。

「ようやく笑った」

「え…」

「ありがとう。笑ってくれて嬉しい」

「……やっぱりずるい」

口の中で呟いた。こんなことを言われたら。こんなふうに優しくされたら。もうバカなことはできないじゃないか。少なくとも、雄大がそばにいる限り、バカなことはできない。

「…朱鷺？」

「……リンゴ、酸っぱい……」

「…泣くほどのことじゃないだろ」

「うん…、ごめん」

手のひらで涙を拭《ぬぐ》ってリンゴを食べた。味なんてわからない。ただ、雄大の優しさが心底胸に染みた。


「……あーもー！　この人はいったい、いつ寝るんだろうね、いつ寝るんだろうね!?」

「雄大が寝てから寝るんやない」

「そして俺が起きる前に起きるんでしょうね！」

「それでも四時間寝てるやん。お願い、邪魔やし出てって」

「あーっ、イライラするっ。これは独り言ですけどっ、一時間以内に食卓につかないと晩飯は片づける！」

「はいはい」

「……ッ」

あしらうように言われて、雄大は思いきり不機嫌な表情で仕事部屋を出ていった。バシンと乱暴に閉じられた引き戸に、朱鷺はククと小さな笑いをこぼした。

納期が迫っている朱鷺は、まともに食卓につかなくなっている。一時間以内に食べなくても雄大は食事を取っておいてくれるから、飢えることはない。けれどそれもそろそろできなくなりそうだと朱鷺は思った。

サイトを新しく立ち上げるという依頼は、準備期間があって納品だから計画的に進められるが、更新や修正の依頼は突然やってきて、そしてこれは可及的速やかに納品しないと信用問題になるのだ。複数のクライアントが、偶然、一挙に依頼してきて、しかも部分的にリニューアルしてほしいとかセキュリティの向上をしてほしいなどと頼まれると、現状のようにとんでもないことになる。

（これ以上、なんか増えたら、本気で寝られんくなる）

そして食事もまともにとれなくなるだろう。朱鷺にとってはいつものことだから構わないが、今は雄大がギャーギャー騒ぐ…いや、心配してくれるから、それが心苦しい。

「それでもやらんとあかんのですぅ」

雄大のために禁煙中の朱鷺は、タバコの代わりにポイとチョコレートを口に入れ、ゆっくり溶かしながらスワップを繋げていった。

二月も半ばを過ぎていた。雄大はやっぱり幸福の神様のように居座り続けている。生活時間が激しくずれているから、夕食の時しかちゃんと顔を合わせることはないが、それでも雄大が家にいて、一緒に食事をとって、どうでもいいことを話して、笑い合う、そういう幸せ

に、

(馴れちゃってんなぁ……)

苦笑した。

男とも別れた。あれからまたデートに誘われて、でもベッドは断って帰ってきたら、雄大がすごく嬉しそうに笑ってくれた。こんなふうに雄大が笑ってくれるなら、自分でも雄大を笑わせることができるなら、男は切ろうと決心したのだ。たとえ明日、あさって、一週間後、一ヵ月後かもしれない、雄大がこの家を出ていって、また一人になって、寂しくて気が狂いそうになって、その寂しさを忘れさせてくれる男がいないという怖さはあっても、今は雄大の笑顔のほうが大切だと思った。

(二ヵ月近く、幸せってものを味わっちゃったんやから、雄大が消えたら自分がどうなるんか、想像つかへんくて怖いんやけどねぇ)

堕《お》ちるところまで堕ちるかもしれないと思った。それでも構わないと思った。たぶん今、一生分の幸せを手にしているのだ。そのあとのことなんか考えても仕方がない。

「失礼しますー!」

また雄大が乱入してきた。邪魔なんやけど、と朱鷺が呟くと、雄大は手にしていたお盆をガシャンとサイドテーブルに置いて言った。

「とにかくメシを食ってほしいな! 片手間でいいから食ってほしいなと!」

「ん？」

ものすごくいい匂いにつられてサイドテーブルを見たら、お盆にはすき焼き丼《どん》と味噌汁、漬物にお茶が載っていた。これなら仕事をしながらでも食べられる。朱鷺は顔をほころばせた。

「おいしそう、お腹《なか》ペコペコやってん」

「じゃあなんで食いに出てこないのかなぁ!?」

「んー、なんかキリがつかへんくて。ありがとう」

「…うん」

柔かなイントネーションのありがとうに、雄大は本当に優しい微笑を返した。雄大が押しかけ女房になって以来、素直にありがとうと言ったのはこれが初めてだと、朱鷺は気づいていなかった。

しかし朱鷺の仕事が終わらない。

明日にはすべて片づく、と小躍りした日に、またもやリニューアルの依頼が来たのだ。特に納期は設けないが早急に、と言われれば、休みも取れやしない。仕事部屋と台所を行ったり来たりしてアイデアを考えていた朱鷺は、それまでの寝不足でのイライラが頂点に達して、ついにキレた。

「夢のようにふわふわと現われては消えていくような画像って、そりゃフラッシュやんーっ！」

「なにが納期は設けないが早急にや！　そんな簡単に作れへんわ！」

「…朱鷺」

「朱鷺、ホットミルク飲むか？」

「うわーっ、もーっ!!」

朱鷺はクッションを掴《つか》むや、バンバンとソファに叩きつけた。軽いヒステリーだ。台所で夕食の支度をしている雄大が苦笑をしていると、少しはストレス発散のできた朱鷺は、のろのろと立ち上がって風呂場に向かった。

「朱鷺、風呂？　中で寝るなよ？　上がったら晩飯だ」

「……」

雄大の言葉に返事を返すのも面倒で、朱鷺は黙って脱衣所に入った。三日ぶりの風呂だ。イライラ緩和に愛用しているオレンジのバスオイルを大量に湯槽《ゆぶね》に落とし、洗剤の量を間違えた洗濯機のような有様の泡風呂を作って、どぶー…と体を沈めた。

（気持ちい…）

肩から背中から腰の張りが和らぎ、むくんで重くなっていた足も軽くなっていく。オレンジの香りを楽しみながら、湯槽の中で体を洗った。さらには髪まで洗い、顔も洗い、ようやく湯槽を出て頭からシャワーを浴びると、浴槽の栓を抜いた。あとで雄大も風呂に入るということなど、バスオイルを落とした時点から頭になかった朱鷺だ。

（…あ、泡…泡のイメージで…）

ふっとアイデアが浮かんだ。早く、早く書き留めへんと！　朱鷺は慌てて服を身につけ、風呂場を飛びだした。

「朱鷺、晩飯…」

「あとで食べる」

「朱鷺ぃ…」

仕事部屋へ直行してしまった朱鷺に雄大は溜め息をついた。お互いの生活には口を出さないこと。それが居候をさせてもらう絶対条件だと雄大もわかっているが、あまりにもメチャクチャな朱鷺の生活ぶりに、黙っているのもそろそろ限界だと思った。椅子にも座らず、立ったまま絵コンテを描いている朱鷺に、引き戸にもたれて雄大は言った。

「忙しいのはわかるけどさぁ、食事くらいちゃんとしようよ」

「やからあとで食べるってば」

「あとでじゃなくて今食おう。鯖《さば》のおろし煮作ったんだからさ、これあっため直すとまずいんだよ」

「大丈夫、おいしいから」

「朱鷺ぃ…、おまえちゃんと寝てないんだから、メシくらいしっかり食えよ」

「やからあとで食べるって言ってんねんっ、邪魔やし出てってっ」

「朱鷺っ」

こりゃ言ってもダメだと思った雄大は、コンテを描きつけている用紙をさっと取り上げた。

「晩飯食うだけだぜ？　たった一時間、食事に割いたくらいで、どれくらい仕事に響くんだよ？」

「たった一時間て…っ」

朱鷺はカッチーンときた。雄大の言葉はもっともなのだが、本当に本気で追い詰められているので、一分一秒が惜しい。「たった」とか「これくらい」という言葉が本当に頭にくるのだ。

「あのな。就業時間が決まっているサラリーマンと違って、僕は二十四時間、戦《たたこ》うてるんですっ！」

「はいはい、サラリーマンは気楽な稼業だからね」

雄大は苦笑した。朱鷺の言葉はとんでもなく失礼で、しかもムカック言い方だが、朱鷺が今、崖《がけ》っぷちをつま先立ちで歩いているような心境だということは雄大もわかっているのだ。

「とにかくほら、食おう。ここまでメモしたら忘れないだろ？」

「今中断したら、流れがとぎれちゃうやんっ」

「メシ食うくらいで消えるアイデアなんか、どうせ使えないよ」

「なんやねんそれっ…」

「それに寝不足の頭でやった仕事っていうのは、あとから見ると全然ダメなんだぜ」

「雄大のアホッ、いけずっ、人の気も知らんとっ!!」

「イライラしてんなぁ。しばらく遊んでないから欲求不満なんだろ?」

「……ッ!」

気づいた時には灰皿を投げつけていた。ずっと使われていない、綺麗なままの灰皿を肩に受けた雄大は、驚いて目を見開いている。

「朱鷺…?」

その目を真っすぐに睨みつけて朱鷺は唇を噛みしめた。

しばらく遊んでいない。

欲求不満。

どうせそうやと朱鷺は思った。睡眠不足、タバコも吸えない、

(さらには男と遊んでへんしね…っ)

どうせ欲求不満や!

朱鷺のきつい眼差しを受けとめた雄大は、なぜかゆっくりと微笑を浮かべた。

「…ああそうか。……頑固だなぁ」

そう呟いて、朱鷺を優しい目で見つめるのだ。なにが頑固なのかわからない。どうして雄

大が怒らないのかわからない。灰皿をぶつけられたのに、どうしてこんなふうにほほえんでいられるのか……。

(あ…っ)

勘違いしたことに気づいた。雄大は男のことを言ったのではない。ごく当たり前に、休みが取れないから欲求不満でイライラしているんだと、そう言っただけなのだ。それなのに最悪の勘違いをしてしまった。遊んでいないから、男に抱かれていないから、欲求不満なんだと図星をさされたみたいに。

「……っ」

いたたまれなくなって朱鷺は仕事部屋を出た。灰皿のことを謝ることもできない。ごめんなさい、男のことを言われてるんやと思って、なんて言い訳、できるわけがない。

リビングに逃げたら雄大がついてきた。困って廊下に逃げたらさらについてきた。追い詰められるように玄関まで逃げた朱鷺に、雄大がのんびりと言った。

「どちらへ行かれるんですか」

「…男のとこや!」

とっさに答えた。勘違いを謝れないなら、本当にしてしまえばいい。雄大のために男を切ったなんて言うくらいなら、男に飢えたふしだらな朱鷺と思われたほうがいい。

靴に足を入れようとした朱鷺は、いきなり雄大に腕を掴まれて呼吸が止まるほど驚いた。

「な…に…っ」

「男とはもう別れたんじゃなかったっけ」

「……っ」

「行くあてなんかないくせに」

「……あいにく、僕は結構もてんねん」

「一夜の相手くらい、簡単に見つかるって？」

「そういうことや。わかったら、手ぇ離して」

「……本当に頑固だなぁ」

雄大はまた微笑した。けれど朱鷺の腕を摑む手の力が強くなっていく。痺《しび》れるような痛みに朱鷺が小さくあらがうと、雄大は初めて朱鷺に、意地の悪い微笑を見せて言った。

「そんなに抱いてほしいなら、俺が抱くけど？」

「なに、アホ言うてんの……」

冗談にしても質《たち》が悪い……そう思ったが、ほほえむ口元を裏切るように、雄大の目は真剣だ。本気なのか？　朱鷺は背筋がゾクリとした。怖いと思った。雄大の本気が怖い。

「…彼女、いたくせに…」

かすれた声で絞りだすように言った朱鷺に、雄大はやっぱり優しく微笑った。

「いたよ？　でも今はフリーだ」

「男なんか、抱けへん、はずや…っ」

「そう思ってるなら試してみる?」

「ため、試す、試すんやったら、ほかの男と…」

「なんで? どうして朱鷺と試しちゃいけないんだ?」

「だって、僕は…っ、何人も男、いてっ、僕の体は、やから…っ」

「だから? それがどうだっていうんだよ」

「……」

雄大の微笑は優しい。朱鷺は涙があふれそうになった。まるで口説《くど》かれているみたいやと思った。だったらええのにと思った。こんなふうに雄大に求められたいと思った。

「……せやったら、雄大」

「ん?」

「僕を抱いて」

真っすぐに雄大の目を見て言った。うろたえてくれと思った。突き放してくれることまでは望まない、ただ、摑んでいるこの手を離してくれればいい。そうすれば夢は覚める。

「わかった」

「…え」

強く腕を引かれた。なに!? と思ううちに雄大の部屋に引きずりこまれた。布団の上に引き倒されて、ようやく事態を把握した朱鷺は、カァッと全身を熱くした。

「雄大…っ、いやや、あかん…っ」

「逃げるなよ。抱いてほしいんだろ？」

「雄大は、いやや…っ」

「どうして？　一晩だけの相手なら誰だっていいんだろ？　なんで俺じゃダメなんだ？」

「ゆうだ…っ」

「ん、朱鷺？　どうして俺じゃダメなんだ？　言えよ」

「雄大…っ」

雄大にのしかかられ、膝を割られ、抱きすくめられて、朱鷺は耳鳴りがするほど顔を熱くした。心臓は狂ったように速い鼓動を刻んでいる。噛みつくような口づけを首筋に受けて、朱鷺は悲鳴をあげた。

「雄大っ、いや…っ」

「どうして？」

「雄大はいや、雄大だけはいやや…っ」

「だから、どうして？」

真上から雄大が見つめてくる。朱鷺を押さえつけている、こんな時でも優しい微笑。

雄大が、好きや。雄大が好きやから、雄大に抱かれたら、もう雄大なしやと生きていけへんようになる。やから、雄大にだけは抱かれたないんや。

……そう白状する代わりに、朱鷺は静かに深呼吸をした。そして言った。

「雄大は優しいからいやや。知ってるやろ？　僕はひどくされるんが好きなんや」

「知ってるよ」

「やから雄大はいやや。どうしても僕を抱くんやったら、ひどくして。すごく…ひどく、して」

「いいよ」

ひどくあっさりと雄大はうなずいた。え？　と思った時には、唇を奪われていた。

舌がふれただけで、ふるえるくらい感じてしまった。頭の中が真っ白になるくらい動揺して、朱鷺は思いきり雄大の舌を噛んだ。さすがに唇を離した雄大に、朱鷺はうわずってどうしようもない声で言った。

「いやや…キ、キスは、いや…っ」

「……あれもいや、これもいや。朱鷺はむつかしいな」

朱鷺を組み敷いたまま雄大は苦笑をした。その目がふっと意地悪く細められる。

「ひどくしていいんだろ？」

「…ええよ。ひどくして。すごく」

「じゃあ縛ってもいい？」

「……ええよ」

その言葉で朱鷺は体の力を抜いた。雄大の欲望に濡れた目、縛るという言葉。やっぱり雄大もそうなんかなと思う。相手の自由を奪い、思う様その体をむさぼって、征服欲を満たしたい男。雄大もそういう男なんかな。だったらええのにと朱鷺は思った。自分を物のように扱ってくれればいい。そうされても雄大を嫌いになれないとわかっていたが、物のように見てもらえれば、今よりずっと楽になれる気がした。

雄大が服を脱がせていく。脱げと命じられなかったから、雄大の手に任せた。全裸にした朱鷺を雄大がじっくりと眺める。

「うん。綺麗だ。傷も全部消えてる」

「…新しい傷つけるん、楽しみ…？」

自虐の言葉を口にした朱鷺に、雄大は優しく微笑って、まあね、とうなずいた。

「ちょっと俯《うつぶ》せになって」

「うん…」

言われるまま体を返した。背後で雄大が服を脱ぐ気配がする。シーツに頰を埋めたら雄大の匂いがして、思わずシーツを抱きしめようとしたら、両腕を後ろに回された。なにか優しい、柔らかい感触の物でくくられる。手首から肘《ひじ》までを、幅の広い布のような物で……マフラーだと気がついた。

(縛るんやったらネクタイのほうが簡単なのに……)

そんなことをぼんやりと考えていたら、いきなり背骨にキスをされた。

「あ…っ」

たったそれだけなのに、皮膚にさざ波が起きたように感じた。次々とキスが降ってきて、いややと、そんな簡単な言葉さえ言えなくなった。

「あ、あ…あっ」

浮きでた肩甲骨《けんこうこつ》を齧られ、両脇《りょうわき》を摑むように撫で下ろされて腰がふるえた。腰骨から尻《しり》、足と撫でられて息が上がってくる。あぶられたように体が熱くなる。感じ始めてる、あかんと思った時、ふっと雄大が体を起こした。

「は、あ…、雄大…」

こういうのはいややと言おうとしたら、俯せのまま足を開かれた。ああ、いきなり入れられたらしんどい……よく知っている痛みを思いだして体が怯《おび》えた瞬間、なま暖かいものにそこをくすぐられた。

「あっあっ…あぁっ、いや…っ」

雄大の舌で舐《な》められている。気づいたとたん、羞恥《しゅうち》で全身が熱くなった。こんなことをされたのは初めてだ。そんな場所に口をつけるなんて、雄大がそんなことをしているなんて。

あまりにも恥ずかしくて涙が出た。いややと悲鳴をあげたのに、雄大は熱心に舌を這《は》わせる。舐める、くすぐる。

「いやっ、いやぁ…やっ、雄大っ…いやっあぁっ」

感じすぎてたまらなかった。押さえつけられた腰が、それでもビクビクとはねた。自分の中心が急速に熱くなっていく。自由にならない腕がもどかしい。逃げを打てない体がつらい。グッと尻を割った雄大に深く舌を差しこまれて、爪先までふるえが走った。朱鷺は悲鳴をあげてのけ反った。

「やあぁぁっ」

息が苦しい。前はもう、痛いくらい張り詰めている。顔を上げた雄大が笑った気配がした。

朱鷺は熱い息をついて、やめて、と涙声で頼んだ。

「やめて雄大…もうやめて…っ」

「どうして。ひどくしてほしいんだろ?　いやだってことはひどいことされてるってことだ。違う?」

「雄大…っ」

「ひどくしてあげるよ。朱鷺が泣いていやだって言っても、許してって言ってもやめない。覚悟して」

「お願いや雄大…、こういうんはいやや、優しぃせんといて…っ」

「だから、ひどくするって言ってるじゃないか」

「ゆ…っ」

足を摑まれて強引に表に返された。後ろ手に縛られた肩が痛んだ。ん、と息を詰めると、朱鷺の両脇に手をついた雄大が、そうか、と小さく苦笑した。

「後ろに縛っちゃったからな。俺がのしかかったら痛い思いさせちゃうな」

「え、よ、雄大、それでええ…」

「こうでもしないとおまえ、いやがって猛烈に暴れると思ったから。でもマフラー使ったから絶対に跡はつかない。心配しなくていい」

「雄大……、なに、する気…」

「言っただろ？　ひどくするって」

「嘘…、嘘や、雄大、いやや…っ」

逃げようと体をよじったら、雄大に強くあごを摑まれた。力ずくで口を開けられ、そのまま雄大に深く口づけされた。

「んっんー…っ」

舌を嚙んでやることもできない。雄大の舌を舌で押し返したら、待っていたように吸われて体がふるえた。感じてしまう。頰の内側を、歯茎を、上あごを舐められて、どうしようもなく感じてしまう。息が苦しい。口の中にたまった唾液《だえき》を飲みこんだら、まるで雄大の舌を吸っているような感じになってしまって、そう思っただけでまた感じた。

「ぁ……はぁっ…は…っ」

ようやく雄大が唇を離してくれた。足りなかった酸素をむせながら吸いこんでいると、雄大が優しく髪を撫でながら言った。

「もしかして。…キスは初めてか？」

「…っ」

「答えろよ朱鷺。キスは初めて？　この口は俺のキスしか知らないのか？」

「お、男のものなら、いつもしゃぶっとったよ…っ」

「答えになってない。キスは初めてなのか？」

「……そうやっ」

これがファーストキスや。雄大に、もらってもらえた。幸せで、それを隠すために涙で濡れた目で雄大を睨み上げたら、雄大は静かにほほえんで朱鷺の涙を拭った。優しい仕種にふっと息をつくと、チュッと下唇を吸われた。焦点も合わないほど間近に雄大の顔がある。恥ずかしくてとっさにギュッと目をつむったら、雄大の忍び笑いが聞こえた。雄大は朱鷺の唇を甘く噛み、あごを噛み、首筋へキスを落としていく。

優しい愛撫《あいぶ》に朱鷺は怯えた。優しくされることに朱鷺は馴れていない。愛撫を受けることに馴れていない。雄大にふれてもらうことに馴れていない。雄大の唇がふれたところからさざ波が広がって、それが熱でいっぱいの朱鷺自身へ流れこんでいく。感じる。感じる、感じてしまう。

「ゆ、だい…っ、お願いや、優しぃせんといてっ」

「お願いは聞かない」

「いや、や、ねぇっ、…乱暴にしてや、ひどくしぃや…っ」

「これが添島的ひどいこと」

「いやや、やめてっやめて…っ、あ、あっ」

胸まで下りてきた唇に、小さな突起をチュッと吸われた。それからゆっくりと口に含まれ、丹念に舐めしゃぶられた。

「ふ、あっ……いや、や、いやっ」

優しく歯を立てられたら腰がふるえた。自分の中心からトロリと快楽があふれたのがわかった。恥ずかしくてひくっと息を詰めたら、喉《のど》で笑った雄大に、もう片方の突起も指でいじられた。

「あっあっあっ…」

止まらない。声も、朱鷺自身を濡らすものも。

「いやぁ…や…っ」

逃げようと腰をひねったら、押さえつけるように雄大が腰を乗せてきた。朱鷺の昂《たか》ぶりに雄大の昂ぶりがふれる。そのまま雄大に腰を動かされ、感じきっていたそこを雄大の熱でこすられて、めまいがするほどの快感に襲われた。

「やぁっあぁっ…、あぁ…っ」

感じてたまらない。でも、イけるほどの刺激ではない。体中が燃えるように熱い。息が苦しい。無意識に雄大の腰を膝で挟むと、雄大は舐めしゃぶっていた突起から顔を上げてほほえんだ。

「朱鷺。…感じてる?」

「……っ」

聞かなくてもわかることを雄大は聞いてくる。朱鷺が激しく首を振ると、雄大はクッと笑って体を起こした。

「もう一回聞くぞ。感じてる?」

「…感…っ…へんっ」

「なんという頑固。これでも感じてないって言うか?」

「あっあっあっ、いやぁっ、あぁ…っ」

雄大の指が朱鷺の昂ぶりに絡まる。そのまま焦《じ》らすようにゆっくりとこすられた。焦らすように……、いや、雄大は焦らしているのだ。わかっていても、朱鷺にはどうしようもなかった。

「んっんっ、ぁあ…っ…」

快楽がこぼれて雄大の指を濡らす。それでも雄大の手の動きはゆっくりだ。ゆっくり、ゆっくり、朱鷺を快感で溶かしていく。朱鷺は妖《あや》しく身もだえてすすり泣いた。もうぐずぐずだ。体も、頭の中も。

「あ、いや……も、い、や…」

「朱鷺。朱鷺？　感じてるよな？」

「あ…ぅ…、あぁ、ん…い、やぁ…」

「あー…聞こえてないな。溶けちゃってる」

雄大の呟きも、微苦笑を浮かべたことも、もちろんわかるはずがなかった。雄大がすっかり濡れてベタベタになった朱鷺の中心から手を離したが、行き場のない熱を身内に抱える朱鷺は、早く楽になりたくて、苦しくて体をくねらせた。ゾッとするほどなまめかしい様に、雄大はこくりと喉を上下させると、朱鷺の体を横にして両腕を自由にしてやった。力の抜けた腕がぱたりと布団に落ちたが、それすらも朱鷺は気づかなかった。

「んん、ん…」

刺激が欲しくて朱鷺は足でシーツをかいた。雄大はその足を掴むと膝を立てさせ、その奥にそっと指を忍ばせた。しっとりと湿っているそこを指の腹で撫でると、朱鷺が鋭く息を飲むのがわかった。怯えているのだと雄大にも知れた。

「朱鷺。朱鷺、大丈夫だ。朱鷺、俺がわかる？」

「…あ……、雄、大？」

「そう、俺。ちゃんと俺を見てろ。今からおまえを抱くのは俺だ」

「あ…、あっ、待って、いやや、あかんッ」

「俺だとわかったとたん、イヤダかよ。ちょっ、暴れるな。もう縛るのはいやだぞ」

苦笑した雄大は朱鷺の両手首をまとめ、左手で朱鷺の頭上に押さえこんだ。自由を奪われた朱鷺は、真上から見下ろしてくる雄大に小さく頭を振って懇願した。

「お願いやから…やめて…」

「やめない」

「雄大、やめて…っ、なんでもするしっ、してほしいことなんでもするしっ、やから僕を抱かんといて…っ」

「やめない。さっき言っただろ、泣いてもやめないって」

「お願…っ、ゆうだっ…」

「俺に抱かれるのがなんでそんなにいやなのか。正直に言ったらやめてやるけど？」

「そんな、ん…、いややから…」

「理由になってない。ちゃんと言うまで行為続行」

「やぁ、いやっ、雄大…っ」

雄大の指が体の奥を探ってくる。入口を撫でられれば感じる。カリッと引《ひ》っ掻《か》かれて、冷えかかっていた肌が急速に熱を帯びた。

「あっあっ、雄大、いや、ぁ…っ」

雄大に優しく刺激されて、朱鷺のそこはすぐに柔らかくほころんでいく。さんざん男たちにおもちゃにされた体だ。いじめぬかれた場所だ。なんであれ、条件反射的に受け入れようとしてしまう。そんな自分が恥ずかしくて、朱鷺は濡れた声をあげながら、ぽろぽろと涙をこぼした。

「も、え、から…っ、雄大っ、入れるんやったら、入れて…っ」

「今までそんなふうに抱かれてたのか？　馴らさないでいきなり？」

「そ、や…っ、やから、もっ、入れてやっ」

「入れてほしい？」

「入れてっ、ええからっ」

「じゃあ入れない。約束だから、とことん朱鷺をいじめる。泣かす。ひどくしてほしいんだろ？」

「雄大…っ、お願いやからっ、お願いっ」

「やめてほしいなら言いな。どうして俺に抱かれるのはいやなのか」

「……っ」

「つくづく頑固だな。今はそれも楽しいけど」

意味不明なことを嬉しそうに囁《ささや》いて、雄大はひくつく朱鷺のそこにゆっくりと指を埋めた。

「っ…あ…あ…」

待っていたように雄大の指を呑みこんでしまった。ゆっくりと抜き差しされて朱鷺は唇をふるわせた。たった指一本。けれど優しくされたのは初めてで、言いようのない感覚がそこから広がっていく。

「中、熱いな…それに、濡れてる…」

「…っ」

直截《ちょくせつ》すぎる雄大の言葉に、なぜか感じてしまった。唇を噛んで声をこらえていると指が二本に増やされた。それでも朱鷺は難なく受け入れてしまう。それどころか雄大の指を締めつけてしまう。そんな体に羞恥を覚えて朱鷺は泣きながら訴えた。

「やめて…、もうやめて…」

「俺に抱かれたくない理由は？」

「いややから…っ」

「はい、ダメ」

「お願いや、もう許し…あっ、あっあっあっ」

細かく指を揺すられて腰がとろけた。後ろが感じるなんて知らなかった。こうされれば感じるなんて知らなかった。それとも雄大だから感じているのだろうか。また指が増やされる。

さすがに苦しいと思ったが、グッと奥まで入れられて、ぐるりと中をこすられたら、肌が粟《あわ》立《だ》つほど感じて朱鷺はのけ反った。

「感じるんだろ、朱鷺？」

「ん…、んっ」

「後ろで感じるの、初めてか？」

「……っ」

声にできなくて何度もうなずいた。そっと朱鷺の額にキスを落とした雄大は、押さえつけていた手を放して朱鷺の足を抱えた。

「逃げるなよ。暴れる代わりに俺にしがみついてろ」

「ふ、あ…あ…っ…」

いやらしく指を動かされて、たまらずに雄大にすがりついた。広い背中をかき抱く。

「ゆ、だい……雄大…っ」

「そう、俺。ちゃんと味わえよ。明日起きて忘れたなんて言ってみろ。ボロボロになるまで泣かすぞ」

「あっあっ……あっいや…っ」

ずるりと指を抜かれて、それがいやだと朱鷺はかぶりを振った。きちんと意味をとらえた雄大が優しくほほえむ。朱鷺の両足を抱え、熱を帯びて熟れきっているそこへ昂ぶりを押しつけた。グッと腰を進めると、受け入れることに馴れたそこは、しっとりと雄大を呑みこんでいく。

「あぁ、あ、雄大っ」

熱い。雄大はこんなにも熱い。今まで感じたこともないくらい熱いと思った。グンと奥を突き上げられて腰が甘く痺れた。もっとしてほしくて雄大を締めつけてしまう。耳元でふっと笑った雄大は、朱鷺に深く呑みこませたまま腰を回した。

「あ、あ…っん、ぁ…っ」

体の奥がうずいた。知らない感覚が怖くて雄大にもっとすがりつき、それでも体は雄大を欲しがって締めつける。このうずきをなんとかしてほしい。体が、溶ける。

「あっあっ、いや…っ、いやっ…」

「うん。そういういやは可愛い」

囁いた雄大が朱鷺の耳朶《じだ》を舐める。そのまま巧みに腰を使われた。感じすぎて朱鷺は涙が止まらない。雄大の動きに揺さぶられ、繰り返し揺さぶられ、いつのまにか朱鷺の体は雄大の動きを追っていた。

「雄大…っ、やめ、て、やめて…っ」

「いいんだよ。感じていいんだよ、朱鷺」

「い、あ…あっあっ…ぁあっ」

締めつけたままの中を雄大が突き上げる。瞬間、呼吸が止まるほどの快感に呑みこまれた。体がふるえだす。止まらない。

「あ、あっ…、雄大っ、……雄大、雄大…っ」

「いいよ朱鷺、イきな」

「ぁ…ぁ…ぁ…っん……!!」

激流にさらわれる。昇り詰めていくそんな感覚に、雄大にしがみついた。頭の中が真っ白になった。寒気がするほどの快感が体を貫いて、朱鷺は自分が声をあげたこともわからずに達した。それでも体のふるえが治まらない。絶頂の余韻が尾を引く過敏な体を、雄大はまだむさぼる。

「いややっ、雄大、やぁぁっ」

「ごめっ…もう少しっ」

「やっ、やぁぁ…っ」

のけ反った時、雄大が大きく腰をふるわせた。それでまた感じた朱鷺が息を詰めると、ゆっくりと雄大が体を重ねてきた。

「朱鷺……」

「ふ…っ、うっ」

「朱鷺、泣くなよ…」

「…っ…」

ひくっとしゃくり上げたら優しく唇を吸われた。抱きすくめられ、何度も何度もキスをされた。

「朱鷺……朱鷺……」

繰り返し名前を囁かれる。朱鷺は止まらない涙を隠すために雄大の胸に顔を埋めた。

雄大に抱かれてしまった。

いややと言ったのに、とことん優しくされてしまった。

優しくされて、みっともないくらい感じた。気が変になるくらい感じた。強制的な射精ではなく、初めて、イクという経験をしてしまった。

雄大に抱かれて、イッてしまった。

終わった。もう終わりや。体全部で雄大を好きやて言うてしまった。

もうごまかせない。嘘はつけない。

雄大に、はまった。

②

（ん……、さむ……）

ゾクッと感じた寒さで、朱鷺《とき》は眠りから覚めた。布団どこ、と思って薄く目を開けたら、間近に雄大《ゆうだい》の顔があって、びっくりしすぎて呼吸が止まった。

「…!?」

「まだ夜明け前だ。もう少し寝てろよ」

「ゆ……っ」

囁《ささや》き声で言われて一気に事態を把握した。裸!! 頭の下には雄大の腕!! そうやった自分は雄大に抱かれてっ、はしたないほど感じてよがって、挙げ句の果てに睡眠不足がたたってそのまま眠ってしまったんや!!

（しかもなに!? ゆ、雄大っ、僕の寝顔、ずっと見てたん!?）

恥ずかしすぎて死ぬ!! 全身が燃えるように熱くなった。今すぐ逃げだしたいと思うのに、ガチガチに緊張してしまって動けない。誰《だれ》か助けてーっとほとんど涙目で雄大を見上げると、ひどく幸せそうに雄大が微笑《わら》った。そのままゆっくりと顔を近づけてくる。吐息が唇にかかったところで、

（ダメ…っ）

顔を背けることができた。この状況でキスなどされたら、きっとまた雄大にすがりついてしまう。それだけは絶対にダメやと思った。成り行きで体を重ねたのだ。売り言葉で、雄大が抱けるなら抱いてと、そんな言い方をした。雄大だって買い言葉の勢いで、朱鷺を抱いたにすぎないのに。

（勘違いしたらダメや、昨夜《ゆうべ》のはいつもと同じ、ただの遊び、遊び、遊びなんやから…っ）

抱き寄せてくる雄大の腕をぐっと押し戻し、朱鷺は真っ赤な顔のまま、必死で迷惑そうな表情を作った。

「いつまでもベタベタせんといてくれる？」

「俺としてはいつでもベタベタしたいんだけどな」

雄大は苦笑をして朱鷺を腕から解放した。くるりと背中を向けてしまった朱鷺が可愛《かわい》くて仕方がない。向こうを向いたってクビも背中も真っ赤だ。なにを言ったって、どんな表情を作ったって、この体全部で雄大が好きだと告げてしまっている。これでごまかせていると思っている朱鷺が本当に可愛い。どうしてくれよう、この可愛い男を、とニヤニヤしながら雄大は言った。

「ぐっすり眠れた？」

「……お、おかげさまでっ」

「よかった。ちゃんと寝ないと仕事だってうまく…」

「あーっ!!」

雄大の言葉をさえぎって朱鷺は飛び起きた。驚いた雄大が、朱鷺？と目を瞠《みは》ると、朱鷺はキリキリと眉《まゆ》を上げて雄大に怒鳴った。

「仕事！　仕事が間に合わへんっ！　どないしてくれるんよ、雄大のアホッ！」

「おい、アホって…」

「うわーっ、もーっ!!」

「朱鷺っ、ちょっと待てよっ」

待てという雄大の言葉など無視して朱鷺は風呂場《ふろば》に走った。本当は仕事のことなど頭から飛んでいた。雄大から逃げるのにちょうどいい口実だと思って利用しただけだ。風呂上がりかと思うほど全身を赤くしたまま部屋を飛びだしていった朱鷺を見送って、雄大はクスクスと笑った。

「照れてるのがバレバレだっつーの」

本当に可愛い。昨夜はあんなに可愛く泣いて身もだえて、雄大に感じたくせに。体を離したとたん、自分の気持ちに蓋《ふた》をして自分を騙《だま》して、雄大なんか好きでもなんでもない振りをして。

「なんであんなに頑固なんだろうと思ってたけど…」

溜《た》め息《いき》をついた。

「あいつは男で俺も男、だから気持ちを打ち明けられないなんて、そんな簡単なことじゃなかったわけだな」

学生時代はそれが理由だったろう。けれど今の朱鷺は、複数の男と関係を持ってきた自分の体を汚いと思っている。雄大にはふさわしくないと思っている。

「昨夜も言ったのにな。そんなこと、俺は気にもしないって」

決まった彼氏を作るでもなく、遊びで男と寝ていたのかと思えば、楽しいセックスライフを送っていたわけでもなかった。自分を罰するように体中を痛めつけて、傷だらけになって。

「その罰が、俺のことを思い続けていることへの罰だとしたら…」

ただ悲しい。この腕に抱いて守ってやりたい、もうどこからも、なにからも逃げる必要はないんだと安心させてやりたいのに。

「それにしたって、俺が遊びでセックスできる男だとでも思ってんのかね、あいつは。俺のこと好きなら、そのへんをもうちょっとわかってほしいよなぁ」

苦笑しながら布団を抜けでた。ともかく、今の状態で雄大のほうから好きだと告げても、朱鷺はおそらく、バカなこと言うなで流して終わりにしてしまうだろう。朱鷺は自分の体を汚いと思っている。汚れた体は雄大にふさわしくないと思っている。だから雄大のために、雄大を拒絶する。

「やっぱりまずは、俺のことが好きだって、おまえから言わせないとダメだよな。朱鷺は汚くもなんともないんだってわからせて、俺のことを好きでいていいんだっておまえ自身に認めさせて。そんでおまえがズルズル引きずってる過去を、ここらへんで捨ててもらわないと」

そうしなければ未来は始まらない。

カーテンを開けた。夜明けの空が曙《あけぼの》色に染まっている。雄大は微笑を浮かべた。

「知ってるか、朱鷺。京都で朱鷺色の空を見た時から、ずっとおまえのことを思ってるんだぞ」

一年間。居所すらもわからなかった朱鷺を一年間、思い続けてきたのだ。もう二度と悲しい瞳《ひとみ》は見たくない。もう二度とほかの男になど抱かせない。

「俺だけの朱鷺にする」

体も、心も。

雄大はフンと不敵に笑うと、朱鷺が入浴中の浴室に堂々と侵入した。ふしだらなことに及ぼうとしたのだが、驚愕《きょうがく》した朱鷺に怒濤《どとう》のようにシャワーで冷水をぶちかけられてしまい、いやらしい気分はぺしゃんこになってしまった。出ていきーっ！　と朱鷺が怒鳴った時には、雄大は叱《しか》られた犬の勢いで浴室を飛びだしていた。

空気が明らかに柔らかくなっていた。三月。あと二週間もすれば春本番だろう。

「あ、バスオイルなくなる。買ってこんと」

愛用のオレンジの香りのバスオイルを浴槽に落として朱鷺は呟《つぶや》いた。午後四時だ。あの日、雄大に風呂場に侵入されて以来、用心して雄大が会社に行っている間に風呂を使うようにしている。あの時は雄大も早くシャワーを使いたかっただけだろうと思うし、もう二度とあんなことはないとも思う。けれど万が一、万が一雄大が、男同士の気やすさから、シャワーだけ使わせてなどと言って風呂に入ってきたら。

「雄大の裸なんか見たら、鼻血吹く程度やすまへんし」

あごまで湯につかって朱鷺は顔を赤くした。雄大は想像していたとおりのいい体だった。朱鷺にのしかかってきた時の、みっしりと筋肉がついている重み。なめし革のような肌ざわり。たくましい腰は朱鷺が膝《ひざ》で挟みつけてもびくともしなくて、爪《つめ》が食いこむほど強く摑《つか》んだ腕だって、朱鷺の腕とは比べものにならないほど太かった。あの夜雄大は朱鷺を組み敷いて、しっかり味わえよと言った。忘れたなんて言ったら泣かすぞと。

「忘れられるわけないやん……」

雄大の汗、匂《にお》い、重み。雄大の熱さ、激しさ、優しさ。今やって、抱かれたくてたまらへんのに。

「……それにしても雄大、どこで男の抱き方なんか覚えてきたんやろ？」

冷静になって考えてみれば不思議だ。朱鷺はこれまで男に暴力を求めていたから、いわゆる普通のセックスをしたことがない。そういう意味ではあの夜が初体験だったのだ。だから雄大の愛撫《あいぶ》が普通のことなのかどうかもわからないが、あんなふうに優しく体を開いてもらえば苦痛がなく、それどころか気が変になるほど感じてしまうことを初めて知った。雄大に男の抱き方を、男の狂わせ方を教えた誰かがいるのだろうか？

「……あかん。考えるとそいつのこと呪《のろ》い殺したくなる」

ふう、と息をつき、それからふふふと小さく笑った。いるかどうかもわからへん男に嫉妬《しっと》するなんてアホやなと思う。嫉妬してもいい立場でもないのに。こういうアホなところは昔とちっとも変わらへん。昔は雄大の彼女に嫉妬した。ほとんど憎んでさえいた。いなくなればいいと本気で思っていたんや。

「ヤな人間やんねぇ、僕は。最低。やからきっとあれは、罰があたったんや」

今思いだしても胸が痛む。学生時代。三回生になったばかりの頃だった。

京都市の外れにある大学は緑の多い環境だった。山裾《やますそ》の敷地は、必要最低限の樹木だけを伐採して校舎が建てられていたから、ほとんど森の中にいるような感じだった。当然整地もされていないから構内は坂と階段だらけだったが、逆にそれを利用した人工の小川が校舎から校舎をめぐっていて、心を安らかにしてくれた。特に客員教授や外部からのゲスト用に造られた専用棟の前には小さな池もあって、周囲に植えられた木々が四季折々の風情を見せ、大学自慢の一角となっていた。

「春やったなぁ、あの日は。僕は桜を見にあそこへ行って……」

池のほとりの枝垂れ桜は満開で、花筏《はないかだ》のたゆたう池面には柳の緑が映っていた。雪が積もったように白い小花を咲かせた木、薄紫色の花が房のように咲いていた木、花をつけない木は燃えるような緑で鮮やかさを競っていた。すぐ裏の山から春の風が柔らかく吹き下りてくれば、桜はさらさらと花弁を散らす。夢のように美しい光景だった。その春爛漫《はるらんまん》の景色の中に、二人はいたのだ。

雄大と、彼女。

桜の木に寄りかかった雄大は、彼女を背後から抱きしめていた。雄大が彼女の耳元でなにかを囁くと、彼女はおかしそうに笑って身をよじり、それから雄大を見上げてなにかを言った。雄大はそれへ答えながら彼女に顔を寄せ、ひどく自然に、そうすることが当たり前のようにロづけをした……。

綺麗《きれい》やと思った。二人の愛情が、舞い散る桜のように見える気がした。雄大は彼女を愛している。彼女だけを愛している。雄大にとって彼女だけが特別な存在。

「わかってた。わかってたよ、そんなことは。でも……」

雄大が彼女を抱きしめる様を、雄大が彼女に囁きかける様子を、雄大が彼女に唇を重ねる瞬間を、この目で見てしまった衝撃は、言葉にできないくらいに大きかった。涙があふれて落ちた。体中がふるえた。逃げなくてはと思った。それ以上そこにいたら、心臓が張り裂けてしまうと思った。

どこをどう走ったのか覚えていない。いや、走ったのか歩いたのか、それすらも記憶にない。地面の窪《くぼ》みに足を取られてその場にへたりこんだ。もう歩けなかった、立てなかった。エニシダの茂みに隠れるように体を押しつけて、膝を抱えて小さくなって泣いた。悲しいとかつらいとか、そんなことは頭になかった。ただ、自分ではダメなのだと、絶対に自分ではダメなのだと、細胞の一つ一つで理解してしまった。自分が椎名《しいな》朱鷺である限り、百年待とうが二百年待とうが雄大に寄り添えることはないのだと。

「青くて青くてとんでもなく未熟やったけど、でもあれは絶望やった」

湯槽《ゆぶね》を出て、頭からシャワーを浴びながら朱鷺は苦く笑った。もしあの時泉井《いずい》が通りかからなかったら、声をかけてくれなかったら。自分がどうなっていたか、なにをしたかわからない。

「なのに僕はまた逃げた」

あの事件。あんな噂《うわさ》、嘘《うそ》の塊やったのに。

「ずっと僕を支えてくれはった泉井先生のことなんか少しも考えずに、雄大に会うのが怖くて、逃げだしたんや」

　後悔している。ずっと気に病んでいる。自分が逃げたことで泉井の立場が悪くならなかったろうかと。元どおりに復職できただろうかと。

「…今さら会いになんか行けへん。心配してたんですなんて言えるわけがない。京都から逃げだして東京で落ち着くまで、僕は自分のことしか考えてなかったんやから」

　本当にいやな人間や。いつも自分のことばかり。こんな人間が恋やなんて、悪い冗談にしか聞こえへん。

「でももう雄大から、離れられへん……」

　浴室を出て、衣服を身につけながら朱鷺はクスクス笑った。心はとっくに雄大のものだった。そして体はあの夜雄大のものになった。もう雄大なしでは生きていけない。

「そんなこと、あのお人は知らはらへんやろけどねぇ」

　素肌にシャツをひっかけてリビングに戻った朱鷺は、ソファでお茶を飲んでいる雄大を発見して、ちょっとのけ反るほど驚いた。帰っているとは思わなかったから、心の準備ができていなかったのだ。

「あ…、か、帰ってたん？　早かったんや、お、お帰り」

　平静を装いつつ朱鷺が言うと、振り返った雄大は、ただいまと答えてニヤリと笑った。

「風呂上がりの朱鷺って、ホント綺麗だよな」

「…っ、なに言って…っ」

「マジマジ。伊勢《いせ》エビの刺身みたい」

「…はぁ？」

「透きとおった肌の奥がほんのりピンクでさ。プリプリしてるくせに、口に入れるとすぐに溶ける。甘くてさ、ゆっくり舌で味わいたい感じ」

「な、なに、アホなこと…っ」

「いやホントに。舐《な》め回してさ、口の中で熱くなったらちょっと歯を立てるんだ。おいしい汁が出てきたらそれをするんだよ」

「へ、ヘンタイッ」

「なにがぁ〜？　エビの話じゃん」

「……っ」

朱鷺の体が伊勢エビの刺身色から茹《ゆ》でダコ色に変わる。雄大はククッと笑って言った。

「俺に噛《か》みつかれるのがいやなら、シャツのボタンは留めときな」

「ゆ、雄大なんかエビにあたって腹壊しぃ！」

「怒った朱鷺も可愛い」

「……あーもー、いややっ！」

精一杯の憎まれ口もこんなふうにかわされる。朱鷺は恥ずかしさで涙目になりながら、シャツの前をかき合わせて仕事部屋に逃げこんだ。

（雄大の、アホ、アホ、アホーッ）

心の中でさんざん怒鳴った。体を重ねて以来、雄大は朱鷺に向かって、なにかというと可愛いだの綺麗だの言うのだ。しかもさっきのように、セクシャルな妄想をかき立てるようなことまで言う。

「なに考えてんねん…っ」

雄大の性格からして、成り行きとはいえ関係を持った相手に、それをネタにしたからかいなど言えるわけがない。だからといって誘惑しているのかと思えばそうでもない。なにしろ雄大は口ではいろいろ言うくせに、あの夜以来、朱鷺に指一本ふれてこようとはしないのだ。

「本当に、なに考えてるんか、わからへんよ……」

スリープモードにしておいたパソコンを復帰させながら、でも、と朱鷺は思った。雄大がベタベタしてこなくてよかった。知人の距離を保ってくれてよかった。もし、もし指先でもふれたら。

「きっと雄大にすがりついちゃうよ」

雄大が好きで好きで、雄大が欲しくて。心は無理でも体だけやったらと。愛はいらへん、肉欲だけ満たせればいいいて。

「…やから僕は汚れてるっちゅーねん」

ホンマ雄大には似合わへん。呟いて、朱鷺は仕事に取りかかった。

集中していると時間を忘れる。晩飯できたと雄大に声をかけられた朱鷺は、もうそんな時間かと少しびっくりした。凝った肩をぐるぐる回しながら食卓につくと、台所から菜の花のクリームコロッケを運んできた雄大が、ちょっと眉を寄せて言った。

「肩凝り？　あとで揉《も》んでやろうか？」

「い、いい、いらへんっ、ヘーキッ、揉まんくていいっ」

「遠慮するなよ。心配しなくても変なところ揉んだりしないから」

「変なとこって…っ」

「だから尻《しり》とか尻とかあそことか…」

「ソ、ソースどこっ⁉」

またしてもいやらしいことを言う雄大に、冗談だとわかっていて朱鷺は顔を真っ赤にした。

食卓には菜の花のクリームコロッケを始め、若竹煮に春キャベツの味噌《みそ》汁、朱鷺のお母さんが送ってくれたスグキの漬物も載っていて、いかにも春らしかった。

食事が終わると雄大はさっさと食器類を片づけ、一気に洗い物をして、食卓の上をかっちりと拭《ふ》いてからお茶をいれる。どうせソファに移動してからお茶を飲むのに、食卓を綺麗さっぱりにしてからでないと食後の一服が楽しめないのだ。机の上に書類も弁当も飲み物もごちゃごちゃと置きっぱなしたまま、さらには片手でサンドイッチを食べながらでも、平気で仕事のできる朱鷺とは正反対だ。

ともかく今夜も食卓をピカピカにしてからソファに移動、二人でのんびりお茶を飲んでテレビを見ていたら、電話が鳴った。ちらりと時計を見ると八時だ。誰やろうと思いながら朱鷺は電話を取った。

「はい椎名です……、あ、いつもお世話になっております」

クライアントからだった。雄大が誉《ほ》めた東京語で朱鷺が話すのを、雄大は聞いてもいない素振りで実はしっかり聞いている。仕事の電話だとわかって内心ホッとしていた。朱鷺が男関係を清算したことはわかっているが、

(でもこいつ、可愛いし、綺麗だし、いい匂いだってするし)

どこかの男に口説《くど》かれやしないかと心配なのだ。朱鷺がもっと自分に自信を持って、雄大のことも王子様でもなんでもない、ただのスケベな男だとわかってくれれば、一秒の半分の時間で恋人同士になれるのに。

(なのにおまえは自分のこと汚いと思ってて、俺のこと遠ざけようとして)

雄大を遠ざける手段として、ほかの男を選んでしまいそうで怖いのだ。どうやったらこの可愛いサナギは羽化してくれるのかねぇと考えていると、朱鷺の嬉《うれ》しそうな声が耳に届いた。

「そうなんですか、ありがとうございますっ。そう言っていただけると本当に励みになります、はい…はい、こちらこそ、これからもよろしくお願いします」

そうっと受話器を戻した朱鷺が、ほう、と息をついて雄大を振り返った。ほんのりと頬《ほお》が上気していてとても可愛い。軽くムラムラときた雄大は、抱きしめたい気持ちをこらえて笑顔を返した。

「どうした？　嬉しそうじゃん」

「うん。クライアントからやってんけど、そこのホームページ見たお客さんがね、素敵やって誉めてくれはったんやって」

「お、つまり朱鷺の仕事を誉めてもらったってことか。すげぇな、よかったじゃん」

「うん、すごく嬉しい。こういうことあんまりないし、本当に嬉しい」

「そっか、朱鷺の仕事は、見た人からの反応がダイレクトに返ってこない仕事だもんな」

「そうなんよ。どこの担当者もよかったですって言ってくれはるけど、実際にホームページを見る人たちの反応は伝わってこぉへんから。本当はどうなんやろうっていつも不安なんや」

やからさっきの電話は本当に嬉しい。わざわざ伝えてくれたクライアントに大感謝や。そう言って朱鷺はふんわりと笑った。朱鷺が幸せだと自分も幸せになる雄大は、うんうんとうなずいて言った。

「俺もそのホームページ、見てみたい。どこの会社？」

「ううん、美容院なんや。この間、修羅場った時、僕ちょっとキレたやろ？　あの時やってた仕事」

「あー、アレか。ほらな、やっぱり」

「…なに？」

朱鷺がふっと雄大を見ると、雄大はいやらしい笑いを浮かべて言った。

「あの晩だろ？」

「……っ」

「睡眠不足が解消されたからいい仕事ができたんだよ。言ったろ？ ちゃんと寝ないとダメだって」

「そ、そうやね…っ」

「なー？ で、朱鷺。今は睡眠、足りてるのか？ 足りないならまた俺が、…」

「サ、サイトッ、見んの見ぃへんの⁉」

「見る見る、見ます見ます。本当は前から見てみたかったんだ」

鶏頭もかくやと思うくらい顔を真っ赤にした朱鷺をにやりと笑って、雄大は湯呑《ゆの》みを持ってソファから立った。

仕事部屋のパソコンで、実際にネットにアップしているサイトを見せてもらった。雄大は聞いたことのない店名だったが、首都圏にいくつも支店を持つチェーン店のようだった。トップページでは美容院の外観や店内の様子を写した写真が、シャボン玉に映った光景のように現われて、それが魚眼からかっちりと正像を結ぶと、ひと呼吸置いて溶けるように消えていった。朱鷺がヒステリーを起こした時に言っていたように、たしかに夢のようにふわふわとした効果だ。

「すげぇな、これ朱鷺が作ったんだ…」

「ものすごく苦労させてもらいました。画像処理なんか、ボタン一つで魔法みたいに簡単にできると思ってんねん、まったく」

「技術屋の苦労、バイヤーは知らずってね。でもマジで綺麗だよ。へー、中は？」

マウスを手にした雄大がエンターボタンをクリックする。

「……おっ、すげっ、なんか出てくるっ」

「それねぇ…。強く要望されたから作ったけど、僕はそういうメニューの出し方は、見る人に不親切やと思う。ブラウザの振り分けはしてるけど限界はあるし、きっと見られへん人もいはると思うんよ。美容院やし利便性よりデザイン優先なんやろうけど、なんのためのホームページなのかってことやんね」

「情報発信という本来の目的から考えると、朱鷺の職人魂は不満を訴えてるわけだ」

なるほどねぇと感心しながら見ていた雄大は、美容院らしくモダンなページ構成を見せてはいるが、どこか懐かしさも感じさせる画面に『あれ？』と思った。なんだろう、どうしてそんなふうに感じるんだろうと首をひねり、しばらく考えて、色使いが独特なのだと気がついた。

(原色や、それに近いキツい色味を使ってないんだ)

そうかと納得してカチカチとページを開けていくうちに、なぜかデジャヴにとらわれた。

この色、この優しい色の世界……、どこで見たのか、なにを見たのか……。

考える雄大は、まるで絵画を鑑賞するようにページを見つめている。朱鷺はなんだか恥ずかしくなってきて、もうええやろと言いながらパソコンを落とそうとした。その時だ。

「あっ、わかった！　日本の色なんだ！」

雄大が大きな声で言った。びっくりして、ちょっと身を引きながら朱鷺は雄大を見上げた。

「…はい？　雄大？」

「ほら、使ってる色、全部日本の色だろ？　原色とかいわゆる西洋の色味がない。日本の四季のさ、自然の中にある色だけ使ってる。組紐《くみひも》の色だな」

「あ…、え⁉」

「なんだよ、気がついてなかったのか？」

「えーっ⁉」

雄大に指摘されて驚いて、改めて自分が作ったページを見直した朱鷺は、まったく本当に雄大が言ったとおりであることを知って、さらに目を丸くした。

「うわ、ホンマや！　どうして、僕、無意識やったのにっ」

「きっと実家の影響だろ。椎名組紐店の売場、あ、見世って言うんだっけ？　あそこにさ、締め緒や飾り紐が職人業のグラデーションでダーッと並んでるじゃん。帯紐はあれ、四季の色ごとに分けてあったよな」

「え、雄大、…」

「俺、色に四季があるなんて知らなかったからびっくりしたよ。朱鷺は生まれた時から、あいう日本の色に囲まれて育ったわけだから、影響されて当然だよな」

「ちょっと、ちょっと待って雄大っ、僕の実家に行ったことあるん!?」

「そりゃあるよ。ここの住所教えてもらうために、仕事の合間を縫って通い倒したもん」

嘘ーっ、と驚く朱鷺に、雄大は苦笑して打ち明けた。

「学生課でおまえの実家の住所聞いてさ」

夏が始まる前、六月の晴れた土曜日だった。大学は社会人講座や生涯学習講座を設けているから、土日でも開いている。事務棟二階の学生課で住所を聞いて、そのまま一階のカフェテリアに移動した。ここも学内自慢の一角だ。便宜上一階と言っているが、山裾に建っている構造上、三階分の高さがある。一枚ガラスが張られた窓からは、京都市内とそれを取り囲む山並みが、はるか向こうまで一望できた。懐かしいなぁと思いながら、雄大はセルフサービスのコーヒーを持って窓際のテーブルにつくと、持参してきた地図を広げた。

「あいつの家は上京《かみぎょう》区ね。で、この通りはどこだ？」

洛内《らくない》ならばたいてい、区名のあとに通りの名前が記され、その通りを上ルか下ル、あるいは東入ルか西入ルといったように住所表記される。めざす通りがどこにあるのかさえわかれば、比較的簡単に目的地に着けるわけだ。雄大は四年間京都に住んではいたが、大学近くに借りたアパートの周辺と、友達と遊びに出た繁華街以外は詳しくない。地図の上京区内を東側から順に指でたどっていって、真ん中あたりでようやく目的の通りを発見した。赤ペンで印をつけて、今度はバスの路線図を睨《にら》む。大学からだと乗り換えなしの一本で近くまで行けることがわかった。

「よし」

紙コップのコーヒーを一息で飲み干して、昼下がりの市中へと出ていった。

大学前のバス停から市バスに乗り、ケヤキ並木が美しい、いかにも学生街という通りを進む。お洒落《しゃれ》なカフェやブティック、雑貨屋、学生時代はよく利用していた洒落た外装のスーパーを懐かしく眺めた。少しして市を横断する大通りへと曲がると、ここは古都なのだと実感できる風景が現われる。はるか向こうまでほぼ一直線に延びる大通りは、京都が計画されて造られた都市なのだと教えてくれる。高層建築がないから空は広く目の前に横たわり、目を上げればいつも遠くに山が見える。浅いけれど流れの速い河を渡ると、世界遺産の神社を抱える森が、深い緑色を見せていた。

二十分ほどバスに揺られて目的地に到着した雄大は、地図を片手にビルが建ち並ぶ大通りから裏道へと入り、日本全国どこでも見られるような住宅街を進んでいった。少し歩くと道は、大小の寺がずっと続く閑静な様子に変わった。大通りから一本入っただけなのに車の音もしない。寂とした道を歩き、辻《つじ》の角に立って左右に目をやれば、道の先にはいつも紫色に煙る山が見える。山々に守られているような、あるいは逆に、とらわれているような、不思議な気持ちがした。

いくつもの寺を通りすぎると、道はふいに商店街に姿を変えた。

「この通りを西入ルならこのへんなんだけどなぁ…」

呟きつつ角を曲がって眉を寄せた。どこの家も同じに見える。そう思ったのだ。京都といえば町家と言われるくらい有名な町家が、それこそ延々と並んでいる。観光名所でもなんでもないのに、フツーに町家が、ずーっと建ち並んでいるのだ。おいおいと思って地図に視線を落とした雄大は、ここがいわゆる西陣《にしじん》と呼ばれる地区のど真ん中であることを知った。

「あ、ここが西陣っ、あの西陣かっ。あいつこんなとこに住んでんのか、超京都っ子じゃん。うわー、あいつの家探すの、ここからが大変そう…」

表札を一つ一つ確認していったら、確実に不審人物と思われるだろう。困ったぞ、と思いながらうろうろとその一画を歩いた。織りや染めの看板を出した小さな会社が並んでいる通りは、土曜日だからなのか機織りの音は聞こえてこない。一つ角を曲がった通りは、マンションや現代的な住宅が町家と混在している。また一つ角を曲がって、このままでは元の商店街に戻ってしまうぞと焦った雄大は、通りの中ほどで小さな商店を発見した。地域の雰囲気を壊さないように、町家ふうの外観を作ってはいるが、明らかに現代建築の一軒。格子にかけられていた控えめな看板を見て、雄大は目を見開いた。

「椎名組紐店……、え、ここ⁉ ここがあいつの家⁉ 組紐屋さんなの⁉」

驚きながら、格子戸ふうのサッシを開けて、店内に入った。

「いらっしゃいませ」

たぶん店主…ここが朱鷺の実家なら朱鷺のお父さんだろう、五十歳くらいの男が笑顔で迎えてくれた。店内の壁という壁には、奇跡のように美しいグラデーションを見せる、あらゆる種類の組紐が並べられていた。それらは絹独特のぬめりを帯びた光沢を放っていて、なにか美しい生き物が息をひそめてじっとしているような感覚に襲われる。圧倒されて立ち尽くしてしまった雄大に、ややあって店主が言った。

「組紐をお求めですか。ご用途はなんですやろ？」

「あ…、あっ、えーとっ、すいません、東京から来た添島《そえじま》といいます」

「東京から？　それはまた遠い遠《とと》いとっからようおこしやす。それでなにをお出ししましょうか」

「いえ、すいません。今日は椎名朱鷺くんに用があって来ました。こちらは椎名くんのお宅ですよね？」

「添島さんて言わはりましたか？　東京の？」

店主は相変わらずほほえみを浮かべているが、イエスともノーとも言わない。不審に思われているのかと、雄大は慌てて言った。

「自分はF大学で椎名くんと同級生だったんです。学科も同じ経営です」

「そうでしたか、それはそれは」

「はい、それで、今日は椎名くんに会いにきたんですが」

「それはわざわざおおきに。ほんでもあいつは今家におらんのです」

「あ、お出かけ中ですか。何時頃戻られますか」

「さあもう、どこにいるかもわからへんのでね」

「…どこにいるかもわからない、というのは…」

「そういうわけですんでお引き取りください」

「あの、椎名くんは今こちらに住んでいるわけじゃないんですか？　それじゃ今はどちらに、…」

「ほんまにすみません、教えられるようなことがなんものうて」

「あのでも、お父さんですよね⁉　息子さんの住所、ご存じなんでしょう⁉」

「新幹線の時間は何時ですやろ？　なんの役にも立てへんですみませんでした。またなんぞ組紐でもご入り用の際には寄っとくれやす。おおきに」

朱鷺の父親は終始笑顔のまま、東京語にすれば「組紐以外に話すことはない、とっとと失《う》せろ」と言った。

完全に追い払われている。京都ではありえないほど直截《ちょくせつ》に引き取れと言われた。父親は朱鷺と雄大を…いや雄大だけではなく、朱鷺が退学した直接の原因、あの噂を知る者に、朱鷺を会わせる気は毛頭ないのだとはっきりわかった。

朱鷺を守りたいお父さんの気持ちもわかる。怒ったらダメだ。

そう思った雄大はキュッと唇を結ぶと、また来ますと告げて、ぺこりと頭を下げた。そうして月に一、二回の椎名組紐店詣《もう》でが始まったのだ。

最初の一ヵ月は朱鷺の居所を教えてください、知りませんの押問答で過ぎ、作戦変更を悟った雄大は次の二ヵ月を店内組紐見学に費やした。フライパンで炒《い》られるような暑さの真夏の京都へ、毎回欠かさず東京名物を携えて行き、紐の種類や用途、歴史を覚え、次の二ヵ月が終わる頃には、ようやく店先でお茶を出してもらうまでになった。また来やがったという表情がまた来たかに変わり、おや来たねから、そろそろ来る頃だと思っていたに変わった時には、季節は冬になっていた。

それはふわりと雪が舞った十二月の半ばだった。路面から冷気が吹き上げてくるような寒さの中を、急ぎ足で歩いて椎名組紐店に到着した雄大に、朱鷺の父親はにこっと笑顔を向けた。

「初雪やねぇ、寒かったやろ。もっとストーブのねきに寄り。家内がぜんざいを作ったんや、上がっていき」

「ぜんざいですか、嬉しいです。バス停からここまで歩くだけで体冷えちゃって。あ、これ、雷おこしです。そんなにおいしいものじゃないけど、ネタが尽きてきちゃって」

「そりゃ毎度なんぞ持ってきてはったらネタも尽きるやろ、手ぶらで来はったらええのに。……ああこれ、添島くんから、雷おこしやって」

「まあま、いつもおいしいもんをおおきに」

奥から朱鷺の母親が、お盆にぜんざいの椀《わん》とお茶を二人分載せて出てきた。いただきますと言ってさっそくぜんざいに箸《はし》をつけた雄大は、熱さと甘さが冷えた体に染み渡っていくのを感じて、ふぅ〜と満足そうな息をついた。少し焦げ目のついた丸餅《まるもち》をカリッと齧《かじ》って、おいしい、と呟いた時、母親がお盆を抱えて言った。

「夏からよぉ通ってきはったねぇ。いつまで続ける気なん？」

「はい、椎名くんの住所を教えていただけるまでと考えてます」

「そんなにあの子に会いたいん？　会ってどないするん？」

「どうするかは自分でもよくわかってないんです。でも変な別れ方しちゃったから、それがずっと気になってるんです。誰に聞いても椎名くんのことは知らないし、とにかく会って元気な姿を見て、ん－そうですね、俺が安心したいのかも知れません」

「そう……」

母親は困ったような嬉しそうな、なんとも感情の読み取れない微笑を浮かべた。ぜんざいを食べお茶を飲み、いつものように一時間ほど世間話をして雄大が腰を上げると、ちょっと待ってと言った父親が奥へ引っこみ、少ししてお年玉袋を手に戻ってきた。

「これ、ちょっと早いんやけど」

「えっ、いやちょっと、俺そんな歳《とし》じゃないんでっ」

「心配せんでもお金やあらへん。家にあったもんやさかいもらっていき。これからお互い忙しなるし、年内のお運びは今日が最後ちゅうことで。また来はるんやったら年が明けてからにしぃ。な？」

「あ、はい。じゃまた来年、お伺いさせてもらいます。今年はいろいろと、ありがとうございました。風邪《かぜ》ひかないように気をつけてください」

「はいはい、ありがとさん。よいお年をお迎えください」

「ありがとうございます。椎名さんもよいお年をお迎えください」

雄大は深く頭を下げて店を出た。いただいたお年玉袋は、手ざわりから組紐が入っているのだと知れたが、封を糊《のり》づけされていたので開けたのは家に帰ってからだった。自宅の自室で丁寧に封を開けて中身を取りだした雄大は、朱鷺色の飾り紐と一緒に入っていた紙片を見て、泣きそうになってしまった——。

「…それってもしかして…」

雄大の長い話を黙って聞いていた朱鷺は、まさか、という顔つきで雄大を見た。雄大はフンと笑って答えた。

「そう。ここの住所と電話番号が書いてあった。お父さんが俺にくれた最高のお年玉」

「お年玉って…あーもーっ、なんで教えちゃってんやっ、絶対に絶対に誰にも教えんといてて言うたのにっ」

朱鷺はくたくたと床にしゃがみこんだ。雄大がここの住所や電話番号を知っていたわけはこれでわかったが、よりにもよって雄大に教えるとは、なんだか両親に裏切られた気分だ。

(しかも十二月の半ば？　それから何度もお母さんと電話してんのに、雄大のことなんかちっとも言ってくれへんかったしっ)

はあぁ、と溜め息をついて額を押さえる朱鷺に、雄大は苦笑して言った。

「半年間、通い続けたんだ、お父さんたちも根負けするだろ」

「信じられへん、半年!?　なんでそんな意地になってたん」

「どうしても朱鷺に会いたかったから」

「だからなんで僕に会いたかったん」

「聞きたい？」

「……」

このところご無沙汰《ぶさた》だった例のパターンだ。朱鷺が黙って雄大を見上げると、雄大はいかにも言いたそうにニヤニヤしている。朱鷺は小さく溜め息をついて立ち上がり、ブラウザを閉じるとそのまま椅子《いす》に座って雄大に背を向けた。

「仕事する。見ててもつまらへんよ」

「んっとに頑固っていうか」

この期に及んでまだ会いにきた理由を聞こうとはしない朱鷺に、雄大は苦笑をして言った。

「おまえに信用されてないのかな、俺」

「……邪魔、やし…、出てって…」

「はいはい。ホントにおまえはむつかしいな」

おどけた口振りで言って雄大は部屋を出ていった。朱鷺はディスプレイを見つめたまま、雄大を信用していると言いきれない自分に深い溜め息をついた。

「……おまえさぁ朱鷺。花が似合うなぁ。ていうか桜が似合うんだな」

「はぁ？」

雄大から渡された桜の枝を抱え、朱鷺は怪訝《けげん》そうに首を傾《かし》げた。気分転換には散歩よりも部屋の掃除をする朱鷺は、コンビニや和菓子店へ買い物にいく以外、ほとんど部屋から出ない。そんなインドア派の朱鷺を知っている雄大が、こんなものでも春を感じてもらいたいと思って、近くのスーパーの生花売場で買ってきたのだ。

「マジマジ。ホント綺麗。綺麗だな、朱鷺は。黙ってると」

「…っ、あーそうですかっ、じゃあこれからは心して喋《しゃべ》るように、…」

「そうやって照れるおまえは、これがまた可愛い」

「うるさい、黙り！　そんなアホ言う暇があるならごはんの支度しぃっ」

「はいはい。可愛い朱鷺ちゃんの命令ならなんでも聞きますとも」

言いながら可愛い朱鷺を抱きしめようとしたが、鳥のように逃げられてしまった。桜の花も霞《かす》むほど顔を真っ赤にした朱鷺は本当に可愛いのに、その可愛さを裏切るように、そばに来るなというオーラをビシビシと放ってくる。雄大は苦笑を浮かべておとなしく自室に足を向けた。

（あんなふうに抱いたのは失敗だったかなぁ……）

スーツを脱ぎながらそうっと溜め息をこぼした。抱けば朱鷺が折れるとは思っていなかったが、もうちょっとは雄大に心を開いてくれるだろうと期待はしていた。けれど状況は雄大がここへ転がりこんできた時とまったく変わっていないのだ。

（あいつ、未《いま》だに自分のことは絶対言わないし、俺が半年京都に通ってここの住所を手に入れたって知っても、それがなんでなのかはこれまた絶対聞こうとしないし……）

朱鷺のお父さんが朱鷺のことを守ろうとしたように、朱鷺自身、あの事件のことにはふれたくない気持ちはよくわかる。けれどももう三ヵ月だ。丸々三ヵ月一緒に暮らしていれば、雄大が単なる好奇心や興味本位で訪ねてきたのではないことくらいわかるはずだ。

（変に警戒されたらいやだから、あの夜以来、体にふれないようにしてきたけど…）

それがかえって朱鷺に、一晩限りの遊びといった誤解を抱かせているのだろうかと思い、最近ではスキンシップを図ろうと努力しているのだ。けれど抱きしめるどころか、手を握ろうとすると、その気配だけで朱鷺は飛んで逃げてしまう。今では半径一メートル以内には雄大を入れようとしないほどだ。

（成功したのは餌《え》づけだけかよ……どうやったら本音を聞かせてくれるんだ。素直になってくれるんだよ）

苛立《いらだ》ちを抑えて着替えを終えた雄大は、ガチャンという派手な音を聞きつけて部屋を飛びだした。

一方朱鷺は、雄大が自室へ向かったあと、渡された桜を抱えてうろうろ、うろうろとリビングを歩き回っていた。

「どうしようこれ…、花瓶なんかあらへんよ…」

そう呟いているが、頭では花瓶のことなど考えてはいない。雄大に抱きしめられそうになって激しく動揺しているのだ。

（ああいうふざけ方はやめやって…っ）

とにかく雄大にそばに来てほしくない。指一本だろうとふれてほしくない。それなのに雄大は朱鷺が一人でテレビを見ていれば、隣に座って肩を抱こうとしてくる。リビングですれ違った時にはいきなり手を握られたし、台所でカフェオレを作っていた時など、のしのしとやってきた雄大に台所の隅に追い詰められて、危うくキスをされそうになった。それ以来、用心して雄大と距離を取ってきたが、そうしたらそうしたで今度はいやらしいことを言ってくる。

（昨日だっておやつの時間に…っ）

関西では桜餅、関東で言うなら道明寺を食べていたら、『ピンク色でテラテラしたものを口に入れる朱鷺はエロい』だの、『俺も道明寺になって朱鷺にくわえられたい』だの、『朱鷺が道明寺になったらベタベタになるまで舐め回してやる』だの、聞いているだけで倒れそうになるほど破廉恥なことをさんざん言われた。しかも雄大は道明寺に向かって『朱鷺』と話しかけると、キスをしてベロリと舐めて、本当にいやらしく口に入れたのだ。

（あいつ、ホンマにヘンタイやっ）

思いだして顔を真っ赤にした朱鷺は、台所に入って花瓶代わりになるような物を探した。ケトルを使っていないホーローのケトルがあったので、これでいいやと思って流しに運ぶ。ケトルを洗いながら朱鷺ははぁっと息をついた。

（それで感じる僕のほうこそヘンタイかな……）

雄大にいやらしいことを言われて、いやらしい仕種《しぐさ》を見せられて、それをそのまま自分の体で受けたらと想像してしまう。雄大が欲しくて、そうしてほしくてたまらなくなる。毎晩毎晩、雄大のことを思って体を熱くして、雄大に抱かれたあの夜のことを思い返して劣情に身をよじる。けれど自分で自分を慰めたら雄大まで汚してしまう気がして、それすらもできない。

「ホンッマに、冗談やなくたまってんねんよ、雄大くん。こんな僕に指一本でもさわってみぃ」

きっと我慢ができなくなる。抱いてとすがりつくか、ヒステリーを起こして雄大を追いだすか、それとも自分が出ていくか。

「これ以上僕を追い詰めんといて……」

ケトルに桜を活《い》けた。はらりと散った花弁に、雄大が彼女に口づけていた光景が重なった。止められないほどの怒りが湧《わ》き起こり、朱鷺はケトルごと桜を床に叩《たた》きつけた。

桜は買わなかったことになったらしい。

水びたしの床に桜が散っている、無残な台所から逃げだそうとして雄大にぶつかった。どうした？　と言う雄大の脇《わき》をすり抜けて仕事部屋に逃げこんだが、雄大は追ってこなかった。なにも言わなかった。しばらくして晩飯できたーと呼ばれてリビングに出ていくと、どこにも桜は飾られていなかった。

（手がすべって落としたわけやないって、わかってんのにね……）

せっかく買ってきてくれたのに、あんなことをしちゃってごめんなさい。……ちゃんとそう謝りたいのに、理由を聞かれても答えられないから、謝ることもできない。

食事中、雄大は本当になんにもなかった顔をしていたが、朱鷺のほうは悪いことをしちゃったといううしろめたさがあって落ち着かなかった。いつものように雄大がサクサクと食卓を片づけると、朱鷺はいっそうそわそわした。これから食後のお茶だ。普段のようにのんびりテレビを見ながらバカな話ができる気分じゃない。仕事部屋に逃げてしまおうか？　それともごめんと謝ってしまう？　理由を聞かれたら、言いたくないと突っぱねて？　ぐるぐる考えていたら台所から雄大が言った。

「朱鷺、お茶なに飲む？　日本茶？」

「あ、そうやねぇ」

「それともコーヒーにする？」

「そやね」

「紅茶もあるけど？」

「…そやねぇぇ」

「晩飯、中華だったから鉄観音がいいか？」

「そーやねぇー」

「んー、でもやっぱ日本茶か？　日本人なら日本茶で締めだよな？」

「そやね。雄大がそう思うんやったら、それでええんちゃう？」

朱鷺はそっぽを向いたまま答えた。京都人ならこの「そうやねぇ」の微妙な意味の違いもわかったろうが、あいにく雄大は東京人だ。今の朱鷺の言葉を東京語に直せば、「そうだねぇ」「うん、それがいい」「まだ言う？」「あーもー、しつこい」「知らないよ、雄大の好きにすれば？」となることなど理解していない。雄大は苦笑をすると、めずらしく無防備に背中を向けている朱鷺にそうっと近寄り、背後からギュウッと抱きしめた。

「どれにするんだよ、朱鷺？」

「……ッ！」

雄大に、抱きしめられた。

コンマ一秒で事態を把握したとたん、朱鷺の頭の中は真っ白になった。心搏数《しんぱくすう》は一瞬で二倍に跳ね上がり、全身が燃えるように熱くなった。あんまりドキドキしすぎて呼吸がうまくできない。苦しい。逃げへんと、という言葉が頭に浮かんだが、体が固まってしまって指一本動かせなかった。

「ん、朱鷺？　なに飲むって聞いてるんだよ」

「……ぁ……」

耳に雄大の囁きがかかる。ぞくりと体がふるえた。背中から雄大の体温が伝わってくる。抱きしめられている腕を実感する。

（雄大、雄大、雄大…っ）

足がふるえた。膝から力が抜けそうになって、雄大の腕にすがりついた。ん？　と言った雄大が、グッと朱鷺を胸に抱きこんだ。体が密着する。あの夜のことが生々しく肌によみがえった。体に火がつく。もうダメやと思った。こらえきれへん、隠しておけへん。雄大が欲しい、欲しい、欲しい、雄大に抱かれたい、雄大が……好きや。

「…雄大が…好きなん…」

かすれた声で告げた。

言ってしまった。もうあと戻りはできひん。口に出した言葉をなかったことにはできひん。雄大は、雄大はどうするんやろう。こんなことを言われて、雄大はなんと答えを返してくるんやろう？

緊張で呼吸もままならない。ク、と息を詰めた時、オッケーと明るく言った雄大が、さっと抱擁を解いた。

「んじゃやっぱ日本茶な」

え……？ 朱鷺は茫然《ぼうぜん》とした。なにがどうなったのかわからない。のろのろと振り返ると、すでに台所に立った雄大が茶缶の蓋を外していた。

（そ、か……）

好きなん、て、東京の人には、好きな物って意味に聞こえるんや。

急激におかしさが込み上げてきて朱鷺はクスクスと笑った。もう笑うしかないと思った。好きやって言って伝わらへんくて、一人で勝手に体を熱くして、こんな茶番がどこにあんの？ もう本当に笑うしかない。笑うしかない、泣けへんのやったら。

「…朱鷺？ どこ行くんだ？」

急須に茶葉を入れていた雄大は、仕事部屋から財布を手に出てきた朱鷺を見て首を傾げた。朱鷺はやっぱりクスクス笑い、笑いすぎてにじんだ涙を指先で拭《ぬぐ》って微笑した。

「ちょっと買い物行ってくる」

「コンビニ？ んじゃ戻ってきてからお茶いれるよ」

雄大の呑気《のんき》な言葉に、朱鷺は微笑を返して部屋を出た。

お買い物は雄大の生フィギュア。

呟いて朱鷺は笑った。買い物に出た先は六本木《ろっぽんぎ》のゲイバー。なんだかもうどうでもよかった。体にともった火を、熱を、鎮めてくれるなら誰でもよかった。誰でもいいから抱いてほしかった。そう思っていたのに、声をかけてきた何人かの男の中から朱鷺が選んだのは、雄大に体つきの似た男。

首から上なんか覚えてもいない。男の肩幅に、胸の厚みに、引きしまった腰に、尻の盛り上がりに雄大を見て、雄大を重ねて、男が仕掛けてくる行為にただ溺《おぼ》れた。突っこまれて出し入れされて、前をこすられて、何回イッただろう。

「あんなに気持ちは醒《さ》めてても、僕の体は悦《よろこ》ぶんやねぇ……」

ふふ、と笑った。正真正銘の淫乱《いんらん》や、と思った。どんどん汚れていく。

マンションまで戻ってきてちらりと時計を見た。午前二時。たぶん雄大は起きて待っているだろう。だけどそれがなんやと思った。蔑《さげす》むなら蔑めばいい。もうどうでもいい。こんなふうに雄大を裏切ってしまうんやったら、全部終わりにしたほうがいい。手ひどく雄大を傷つけて、見限ってもらおう。もうそれしかない。

「月が綺麗やねぇ……朧《おぼろ》の満月」

ふふふっと朱鷺は笑った。自分の中が空っぽになったように、体が軽かった。

雄大は朱鷺の予想どおり、リビングのソファに座ってイライラと朱鷺の帰りを待っていた。

「なにしてんだよ…、朱鷺」

八時過ぎに出ていった朱鷺が一時間経《た》っても帰ってこなかった時、まず事故を疑った。けれど近くに救急車が停《と》まった様子はなかったし、警察から電話もかかってこなかった。二時間待って近くへ捜しに出てみたが、コンビニにもスーパーにも本屋にもファストフード店にもいなかった。どこに行ったんだと心配しながらマンションに戻り、ふと、朱鷺が出ていきざまに浮かべた微笑を思いだした。なまめかしい微笑。

「…まさか、男？」

呟いて、そんなはずはないと頭を振った。朱鷺は男関係を清算したはずだ。けれど不安が拭えない。気づかないうちに朱鷺を追い詰めるようなことをしていたのだろうか。もし朱鷺がまた、あの綺麗な体に傷をつけて戻ってきたらと思うと、叫びだしそうになる。どうしてなんだという疑問ばかりが膨らんでいった。どうすればよかったんだ。考えても答えは見つからず、雄大はキツく唇を噛みしめた。

時間だけが過ぎていく。不安と苛立ちが頂点に達してソファを殴りつけた時だ。ガチャンと玄関ドアの開く音がした。

「…ただいま」

リビングに入ってきた朱鷺は悪怯《わるび》れもせずにそう言って、意味ありげな微笑を雄大に向けた。ギリッと眉を寄せた雄大が低く言う。

「…長い買い物だったな」

「どれにしようか迷っちゃってん」

「……お茶いれる」

ぷいと朱鷺から視線を逸《そ》らして雄大は立ち上がった。なにを買ったのか聞かへんのや。そう思ってクスッと笑う朱鷺の横を雄大がすり抜けようとして……その足をぴたりと止めた。

「朱鷺…」

「どうかしたん?」

体温が感じられるほどの距離、いつもなら飛んで逃げる距離で朱鷺は薄笑いを浮かべている。嘘だろう、と雄大は思った。嘘だろう、信じられない……匂いが、違う。いつも朱鷺からかすかに香るオレンジの匂いじゃない。知らない石けんの匂い……。

「おまえ、買い物って、言っただろ…?」

「うん、買い物行ったよ」

朱鷺はゆっくりと雄大と視線を合わせ、なまめく眼差《まなざ》しで言った。

「買ったよ。男を」

「朱鷺…」

「僕、結構モテるって言ったやろ? やからどれにしようか迷っちゃってん」

「どうして…」

かすれた声しか出なかった。氷の手で心臓を掴まれたような気がした。予想はしていた。けれどはっきりと朱鷺の口から聞かされて、視界がぶれるほどのショックを受けた。どうしてという言葉ばかりが頭の中をグルグルと回る。顔色をなくした雄大が、どうして、ともう一度口にすると、朱鷺はおかしそうに小さく笑ってはっきりと答えた。

「そんなん、抱かれたかったからやん」

「だから、どうして…っ、俺がいるだろ!?」

「雄大? なにおかしいこと言ってんのん? 雄大は僕の元同級生ってだけやん」

「だけどこの前おまえを、…」

「あれは雄大が男を試したいって言うからやってみただけやろ? 男相手でもできてよかったねぇ、雄大。けど、…」

「朱鷺、…」

「けど、やからってなんで僕が雄大に、抱いてくださいってお願いしなあかんの? なんか勘違いしてへん?」

「朱鷺!」

「雄大なんかに頼まんでも、抱いてくれる男はたくさんおんねん」

言いきった朱鷺の嘲《あざけ》るような口調、蔑むような眼差し、意地の悪い微笑を浮かべた口元。

雄大の頭の中が怒りで白くなった。なにかがプッンと切れた。無意識に固く握った拳《こぶし》を振り上げた瞬間、朱鷺の瞳に浮かんだ安堵《あんど》の色を見て取った。

(く、そ…っ)

ガッン。拳は壁に叩きつけられた。朱鷺が息を飲むのがわかった。打撃で石膏《せっこう》ボードはひび割れ、雄大の拳は半分、突き破られた壁の中にめりこんでいる。

（くそ、やられるところだった…っ）

ゆっくりと拳を引き抜き、雄大は深呼吸をした。落ち着け、落ち着け。これは朱鷺の作戦だ。俺を怒らせ、自分に見切りをつけさせ、ここから出ていかせようとしている。落ち着け、挑発に乗ったらダメだ。

ふう…、と深く息を吐きだして、雄大は朱鷺に視線を向けた。そしてふっと笑った。朱鷺の顔には、つい数秒前まで浮かべていた嘲笑《ちょうしょう》などかけらもなかった。驚きと、雄大の手を心配する気持ちがありありと表われていて、少し泣きそうな表情だ。そう、これが本当の椎名朱鷺だ。余裕を取り戻した雄大は、今度は逆に、フフンと意地の悪い笑いを朱鷺に向けた。

「おまえの言い分はよーくわかりました。今度は俺が言わせてもらいます」

「な、なに…」

「抱かせてくださいって。おまえを抱かせてくださいってお願いしたら、抱かせてくれるのか？」

「なに、それ…っ」

「何回お願いすればいい？　土下座で頼めば抱かせてくれる？　なあ朱鷺。どうすれば俺におまえを抱かせてくれる？」

「そ、そんなん…っ」

こんな展開は予想もしていなかった。あんなふうに雄大を裏切って、あんなひどいことまで言ったのに雄大は怒らへんくて、それどころかこんな切り返し方をしてくるやなんて！

どうしよう、どうしよう、どうしよう!? 混乱した朱鷺はとっさに答えた。

「お、お願いされてもダメッ、雄大は優しいからいや…っ」

「へー、俺が優しい？ 本気で思ってんの？」

「だって…、ホンマに、優しいよ…っ」

「だとしたら朱鷺は俺にドリーム見てるな。俺はさ、朱鷺。優しくもなんともない、いたってフツーの男だよ。……優しい振りはできるけどね」

「ふ、振り…!?」

ニヤリと笑った雄大の目が不穏だ。思わずあとじさる朱鷺を、雄大はじっくりと追い詰めながら言った。

「そんなに優しくされるのがいやだっつーことは…」

「ゆ、だい…」

「今夜もさぞかしひどくされてきたんだろうなぁ？」

「いやや…来んといて…」

「綺麗な体に、どんな傷つけてきた？」

「いや…っ」

トン、と背中が壁にぶつかった。逃げ場がない。このままでは雄大に掴まってしまう…！ パニックを起こした朱鷺は、雄大の横をすり抜けて逃げようとしたが失敗、逆に腕を掴まれてしまった。あらがって、掴まれた腕を強く引いた瞬間、それを見越していた雄大がパッと手を放した。思いきりバランスを崩したところをドンと突き飛ばされて、朱鷺は背中からソファに倒れこんでしまった。すかさず雄大が押さえこむ。

「いや、や…雄大…」

「どうして？　こういうの好きなんだろ？」

「どいて…、放して…っ」

「傷を見せろよ。よその男になにされたか、俺に見せろ！」

「いやや…っ」

シャツに手をかけた雄大が、朱鷺の抵抗などものともせずに、力任せに前を開いた。朱鷺は息を詰めた。とっさに固く目をつむった。あらわにされた上半身を雄大がじっと見ているのがわかる。ややあって、雄大の冷たい声が聞こえた。

「綺麗な体だ。よかった、一つも傷はついてない。てことは、ホントにフツーにセックスしただけか。縛られるんでも打たれるんでもなく、ただ抱かれてきただけか」

「……っ」

「どうしてだよ朱鷺？　抱かれたいだけなら、どうして俺じゃダメなんだよ。答えろよ朱鷺、なんで俺じゃダメなんだ⁉︎」

「ゆ、だいは…っ、いや…っ」

「だから、どうしてなんだって聞いてる。答えないと今ここでおまえを抱くぞ」

「…っ、いやや雄大っ、やめて…っ」

声に凄味《すごみ》を感じて朱鷺が目を開けると、真上から見つめ下ろしてくる雄大の視線にぶつかった。真っすぐな眼差し。嘘がなく、嘘を許さない眼差し。怖いと思った。摑まる、逃げられへん……そう思った。ひく、と息を詰めた朱鷺に、がっちりと視線を合わせたまま雄大は言った。

「これでもう、ひどくされるのが好きって嘘は通じない。俺が優しいからって嘘も通じない。じゃあほかにどんな理由があって俺を拒む？　言ってみろよ」

「い、いや…」

「なにが？　まさか俺のセックスがよくなかったからなんて言わないよな？　あんなに感じたくせに」

「ゆうだ…、やめて…」

「忘れたわけじゃないだろ？　忘れられないよな？　後ろで感じたのは初めてだったんだろ？　男に抱かれて感じたのは俺が初めてだったんだろ？」

「やめて雄大…っ」

「声をあげてよがったよな？　俺を後ろにくわえて、泣くほどよがって感じて、俺をきゅうきゅう締めつけて、…」

「聞きたくない、雄大…っ」

「俺に揺さぶられて、おまえはイッたよな？　俺にすがりついて俺の名前を呼んで、おまえは俺に抱かれてイッたよな⁉」

「も、言わんといてっ」

「どうして俺じゃダメなんだ？　おまえを抱きしめて、おまえにキスをするのが、なんで俺じゃダメなんだ⁉」

「やから…っ、雄大も知ってるやろ⁉」

言い返した声はふるえていた。目を逸らしたいのを必死でこらえ、最後の意地で雄大を見返して朱鷺は言った。

「僕は何人も男がいたっ、あ、あんなことされたんやって、僕が頼んだことや、お願いしたんやっ、この部屋だって、そんな男に買ってもらったっ」

「知ってるよ。だから？　気にしないって言っただろ？」

「う、嘘や…っ、僕は好きでもない男にいじめられてっオモチャにされてっ、それでも抱かれればこの体はイくんやっ、まともやないやろ⁉　ヘンタイでっ、淫乱でっ、汚い！」

「わかってないなぁ、朱鷺。自分のことをヘンタイで淫乱で汚いと思ってるうちは、ヘンタイでも淫乱でも汚くもないんだぞ」

「な、なに……」

「悪人は自分のことを悪人だとは思わないのと同じ理屈。ほら朱鷺、もっとないのか？ おまえを俺のものにしたらいけないっていう理由」

「や…や、やったらっ、ひ、人を刺したことはっ、どう思う…っ」

言葉にしたら胸が詰まって涙があふれそうになった。ずっと心の底に閉じこめてきたことだ。自分の口からは絶対に人には言わないと決めていたことだ。それを雄大に、告げる。

「知ってるやろっ、僕は…っ、泉井先生を刺したっ、先生とそういう関係持っててっ、うまくいかへんようになって刺したんや…！」

「噂だろ」

「……っ！」

ひどく簡単な雄大の言葉だった。けれどその簡単さは、雄大が真実あの噂をくだらない噂として切り捨てていることを伝えてくれる。あんな噂など信じていないと教えてくれる。呼吸を止めた朱鷺に、雄大は少し怒った表情で言った。

「噂だ。俺が耳にしたのは噂だけだ。本当のことを聞こうとしても、朱鷺、おまえはもういなかった」

「ゆ、だ…」

「なんで逃げた。あんな噂は嘘だって、どうして誰にも訴えなかった?」

「だってみんなっ、噂信じて、僕を避けて…っ、なに言うても無駄やって思った…っ」

「みんな? 俺もみんなのうちに入ってるのか? 俺もおまえを避けたか? 噂を信じたか?」

「ちが…、雄大は、帰省してたから…っ」

「だよな。俺は夏休みで実家に帰ってて、大学に戻ったのは九月の半ばを過ぎてた。でもおまえはそれまでは頑張って大学に通ってたよな? 嘘塗《まみ》れの噂にちゃんと立ち向かってたよな!?」

「ゆうだ…っ」

「なのに逃げた。俺が噂を耳にすると思っておまえは逃げたっ、俺から逃げたんだ! どうしてだ朱鷺!?」

「だ…って!」

雄大に強く肩を揺さぶられて、抑えていた涙がこぼれて落ちた。怖かった。鎧《よろい》のように身にまとってきた嘘や偽り、意地が、次々と剝《は》がされていくのが怖かった。

「だって、雄大も…っ」

「俺も? 俺もなんだよ!?」

「雄大もっ、僕のこと、汚いものでも見る目で、見ると思ったからっ」

「ほかのヤツなら我慢はできたけど、俺にそういう目を向けられるのは耐えられなかった。そうなんだな!?」

「そうやっ」

「どうしてだよ。どうしてなんだよ朱鷺!? もういいかげんにはっきり言えよっ!」

「雄大がっ、好きやからや!」

言ってしまった。

追い詰められて、追い詰められて、もう逃げられへんと思った。どんな嘘も思いつかなかった、もう言うしかなかった。ボロボロと涙をこぼしながら朱鷺は思いを吐きだした。

「雄大が好きやからっ、あんな目で見られたくなかってん! 雄大に軽蔑《けいべつ》されるのが怖くてっ、雄大に避けられるのが怖くてっ、やから逃げたんや!」

「朱鷺…」

「ずっと好きやった! 大学に入った時からずっと! 今でもっ、…今でも雄大が好きなんや…!」

涙が止まらなかった。これで全部終わりやと思った。気持ちを知られてしまった、もう雄大を思うことも許されへん……痛みもなにも感じなくなった心でそう思った時、

「……ようやく白状したな」

雄大の優しい声が聞こえた。涙でその表情は見えない。言葉と同時にきつく抱きしめられ

た。キスを、された。

（なんで……？）

なぜキスをされるのかわからない。朱鷺がぼんやりと優しい口づけを許すと、雄大はそうっと唇を離して囁いた。

「俺もおまえが好きだ。朱鷺が好きだ」

「……え……」

よく、意味がわからへん。雄大が僕のことを好きって、どういうことなん？　ひくっとしゃくり上げて朱鷺が考えていると、苦笑をした雄大がシャツの袖《そで》で朱鷺の涙を拭って言った。

「好きだよ。朱鷺が好きだ」

「雄大が…僕を…好き…？」

「そう。好き。おまえのアレを舐めたり、後ろを指でかき回したり、俺のアレをおまえの中に入れたり、そんでおまえをよくって泣かせたい、そういう好き」

「……!!」

破廉恥な言葉の数々が衝撃となって朱鷺を正気に返す。サァッと全身を赤く染めた朱鷺は、抱きしめる雄大を押し返そうともがきながら言った。

「う、嘘っ！　また騙してっ」

「また騙してってなんだよ？　俺がおまえを騙したことがあったか？　嘘ついたことがあったか？」

「う、あ、…な、ないけど…、っん」

またキスをされた。逃れようとして身をよじったらさらに深いキスをされた。戯《たわむ》れで交わせるキスではなかった。口の中を舐め回され、絡め取られた舌をきつく吸われた。体がほてった。それでも雄大を熱く感じるのは、雄大のほうがより熱をはらんでいるからだろう。それだけで思いが伝わってくる。また涙がにじんだ。

「……なんだよ。また泣いてるのか？　もちろん嬉し泣きだよな？」

唇を離した雄大がからかう口調で聞いてくる。朱鷺は慌てて手の甲で涙を拭って言った。

「す、好きやなんて、一言も言わへんかったくせに…」

「そりゃだって、おまえが聞いてこないから～」

「僕のせいやって言いたいん？」

「そうだよ？　俺は何回も何回も、訪ねてきた理由が聞きたい？　って聞いただろ？　なのにおまえのほうで聞こうとしなかったんじゃん」

「……嘘っ」

朱鷺は涙で濡《ぬ》れた目を丸くした。

「だって僕は、雄大がここに来たのは、あの事件のこと聞きにきたんやて思ってて」

「ふぅ〜ん？」

「だってそれしか、僕と雄大は接点なかったしっ」

「朱鷺は可愛いな。もうホントに可愛い。バカな子ほど可愛いって言うけど、朱鷺はメチャクチャ可愛いよ」

雄大は苦笑をすると体を起こし、雄大の仕業とはいえ胸をはだけ、潤んだ瞳で、誘惑しているような風情を見せる朱鷺を引き起こした。そのまま膝の上に横抱きにして、いやがる朱鷺をキスでおとなしくさせて、しっかりと抱いて雄大は教えてやった。

「あの事件のことな。真実を知らないのは朱鷺だけで、俺は全部知ってる。おまえに聞くまでもないんだよ」

「……え……」

驚いた。ショックだった。朱鷺ですらわからないあの事件、あの噂の真相を雄大が知っている？ どうして、と呟く朱鷺に、微苦笑を浮かべて雄大は答えた。

「俺、泉井先生に会ってきたんだ」

ぴくりと体を緊張させる朱鷺を、安心させるように強く抱きしめて雄大は話した。

「朱鷺のことは俺、学生時代から気になってたんだよ」

いつも遠くから自分のことを見つめていた朱鷺。その不思議な眼差しには気がついていた。悲しいような、途方に暮れたような、なんだか迷子になった子供みたいな目だと思っていた。

いつも一人でいたから、何度も話しかけようとした。それなのに目を合わせると、視線がぶつかったのは偶然なんだという素振りを見せて、朱鷺はいつもふわりとその場を離れてしまった。

「マジでいつも気にしてたよ。こいつはなにが言いたいんだろう、俺になにを言いたいんだろうって」

けれどそこで強引に朱鷺を摑まえなかったのは、開ける準備のできていない心は無理に開けられない、開けてはいけないと思ったからだ。雄大は溜め息をついて続けた。

「そのままゆるゆる時間が経って、四年の夏休み明けにあの噂だ。みんな学内で起きたスキャンダルに興奮しきってた。人間てのは集団で一人を痛めつけることに、本能的に快楽を覚える種族なんだって肌身で感じたよ」

「……」

「でも噂は噂だ。もし本当だったとしても、おまえをあんなふうに攻撃すべきじゃないと思った。だけど真っ赤な嘘だったら？　そう思ったらおまえのことがすごく心配になった。ちゃんとおまえの口から本当のことを聞こうと思った。なのにおまえはもう退学していた」

ひと月して泉井が復職した時も、泉井本人はもちろん、学校側からも説明はなかった。それがまた、泉井は朱鷺をかばっているという誤解をみんなに与え、醜悪な噂が再び広がった。さすがに泉井に面と向かって問いただすこともできず、雄大はモヤモヤを抱えたまま卒業したのだ。

「俺も社会に出て毎日が忙しくて、あっという間に一日が終わっちゃって、余裕なんかなくて……、ごめん、正直に言うとおまえのこと忘れてた」

「ううん。謝ることないやん、それが普通」

「ホントごめん。でもおまえはちゃんと心の中にいたんだ」

「うん…?」

ふと顔を上向けた朱鷺に軽くキスをして雄大はほほえんだ。

「おととしだったかな、俺、出張で京都に行ったんだ。真夏だった。商談を終えて外に出たら、ちょうど夕風が吹いててさ。学生気分に戻って川べりに出て、ぶらぶら歩いたんだ。その時、ちょっと顔を上げたら空がさ。もう本当に見事な朱鷺色に染まってた」

「雄大…」

「うん。それでおまえのことを思いだした。おまえの悲しいみたいな不思議な目を思いだして、その時突然気がついたんだよ」

あれは悲しいのでも途方に暮れていたのでもない。すがるような眼差しだったのだと。

「猛烈におまえのことが気になった。三年間、ずっとそんな目で俺のことを見ていたおまえのことが、どうしようもなく気になった。あんな目を俺に向けていたおまえが、泉井先生と噂みたいな関係にあったはずがないと思った。それならなんで朱鷺は大学を辞めたのか。どうしても真実が知りたくなったんだ」

その足で大学へ向かった。泉井がいなければいないでいいと思った。摑まるまで何度でも出直そうと思った。構内でも奥のほう、つまり階段と坂をいやというほど上って泉井の教授室がある棟にたどりついた。夏期休校中で人気のない棟に入り、三階の、たぶん学内でもっとも眺めのいい教授室の前に立った。ドアは開いていた。室内から廊下へと風が吹き抜けていった。ノックをしてドア框《かまち》に立った雄大に、窓いっぱいの夕焼けを背にして泉井は振り返った。

スーツ姿の雄大を見て、泉井は穏やかに、卒業生？　と聞いてきた。卒業年度と名前を告げた雄大は、真っすぐに泉井の目を見て言った。

「椎名朱鷺と同級です。クラスも一緒でした。突然訪ねてきた失礼はお詫《わ》びします。でもどうしても先生に真実を話していただきたいんです。朱鷺がここから逃げださなくてはならなかった、あの噂の真実を」

「君に、それを知る資格はあるのかな」

「あります。あいつはずっと俺のことを見ていました。すがりつくような目で俺を見ていた。本当に先生と付き合っていたのなら、よその男にあんな目は向けません」

「……入りなさい。人に聞かれていい話じゃない。ドアを閉めて、そこに座りなさい」

居心地《いごこち》のいい書斎のような教授室だった。一目でアンティークとわかる肘《ひじ》かけ椅子、ソ

ファ、コーヒーテーブル、それに寝椅子。いくつもの頑丈そうな木の書棚には整然と資料が詰めこまれているが、圧迫感はない。ここに朱鷺がいたら優しい風景になるだろうなと思う雄大に、泉井は丁寧にいれた紅茶を手渡して言った。

「きみは椎名くんの眼差しに気づいていた。では、その意味はわかっているのかな」

「意味…は、きっと俺になにか言いたかったんだと…」

「なにが言いたかったんだろう」

「それは…」

まるで講義だ。雄大が言葉に詰まると、泉井はにっこりと笑ってヒントをくれた。

「三年間、椎名くんは君だけを見ていたんだよ。さっき君が言ったように、僕とそういう関係であったら向けられないような眼差しで、君を見ていた。僕ではなく」

「……あっ」

カシャンと、紅茶をこぼすほど雄大は驚いた。唐突に悟った。朱鷺は、雄大のことが好きだったのだと。けれど絶対に気持ちを気づかれまいとして、だからよけいに心が締めつけられて、あんなに切ない目で雄大を見つめていたのだ。

「それなら、どうしてあんな噂が…」

茫然と呟く雄大に、泉井は微笑を浮かべて教えてくれた。

「僕が彼を見つけたのは、きみたちが三回に上がった春だったよ」

朱鷺は満開のエニシダの鮮やかな黄色の花に囲まれて、隠れるようにうずくまって、声を殺して泣いていた。まるで人間にいじめられた動物のようだった。

「だから僕は思わず言ってしまったんだねぇ。おいで、ミルクをあげるよって」

手を差し伸べるとビクリと怯《おび》えた。仕方なく頭を撫《な》でて、背中を撫でて、涙が止まったところで教授室に連れてきた。砂糖たっぷりのミルクティーを持たせ、二人で黙ってお茶を飲んだ。

「明日はクッキーを食べさせてあげるからまたおいでと言ったらね、彼は小さくうなずいて、約束どおり次の日もお茶を飲みにきてくれた」

黙ってお茶を飲む日がずっと続いた。前期が終わり、後期が始まった頃、なにも聞かない泉井に朱鷺のほうから打ち明けたのだという。

「男を好きになってしまったと言ってね、また泣いた。自分のことを異常者のように言っていた。だから誰にも相談できずに自分を追い詰めて、それであの日、崩れてしまったんだろうね」

泉井はただ聞いた。ただ受け止めた。紅茶とクッキーの穏やかな時間を、ただ朱鷺に与え続けた。それは本当に、傷ついた動物を保護し、労《いた》わる気持ちだった。

「そういう意味で僕は椎名くんを愛していた。だからあの噂のような関係は一度としてなかったよ。それに彼はずっと一人の人を思い続けていたからね。……そう、君」

泉井にカップで指されて、いたたまれなくなって雄大が視線を落とすと、泉井は軽く笑って続けた。

「そのうち椎名くんは僕の資料整理なんかを手伝ってくれるようになってね。僕の自宅にも頻繁に出入りするようになっていた。これは僕の講座を取っていた学生はみんな知っていたことで、それがあの噂に信憑《しんぴょう》性を与えることになってしまったんだろうねぇ。……これから僕が言うことは他言無用だよ？」

雄大がはいと答えるのを聞いて、泉井は言った。

「僕に刃《やいば》を向けたのは、君たちと同級の男子学生だよ。彼は第一志望の企業から内定をもらっていたんだ。ところが前期試験が終わったところで気がついた。卒業するのに単位が足りない。落としたのは僕の講座だった。なにしろ彼は一回も講義に出てこなかったんだから仕方がない」

それでも学生は泉井にすがった。この就職氷河期に内定をもらった、卒業できなければすべてがふいになる、だからなんとか単位をくださいと。けれど泉井はうなずかなかった。フェアではないと。学生の本分を忘れていた君には、まだ社会に出る資格はないと。しかし学生は諦《あきら》めなかった。単位をよこせ、いやあげられないと、そんなやりとりを何度も交わし、夏期休校が終わる頃には、学生は泉井の自宅にまで押しかけてくるようになった。

「あの時も彼は僕の自宅に来ていた。土下座までする彼が本当に哀れだったけれど、僕は単位をやるとは言わなかった。ちょうどその時椎名くんから電話がかかってきた。時間ができたから、手伝うことがあれば伺うということだった。僕はぜひ来てほしいと答えたよ。そうして電話を切って振り返った時だった」

台所にあった包丁で刺されたということは、入院先で警察から聞かされた。血塗れの泉井を見つけた朱鷺が救急車を呼び、第一発見者だから警察に事情を聞かれた。ただそれだけのことだった。泉井は学生の将来を思って告訴しなかった。大学側も泉井の要請で一切の事実を伏せた。あんな噂が流れるとは思ってもいなかった。学生が保身のために噂を流したとわかった時、大学は泉井の意見を聞くまでもなく、学生を退学処分にした。

「……これが真相だよ」

静かに語り終えた雄大がそっと朱鷺の顔を覗《のぞ》いてみると、朱鷺はしきりに手のひらで目をこすっている。

「そう、やってんや…、泉井先生、そんなことで、あんなひどいことされて…」

「泣くなよ…。でも聞いてよかっただろ？　変な言い方だけど、安心したろ？」

「うん…。全部わかって、よかった…、泉井先生も、ちゃんと復職できててよかった…」

朱鷺はズッと鼻をすすって笑うと、ようやく体の力を抜いて、雄大の胸にしっとりと体をあずけた。その重みが雄大を幸せにする。腕の中の大切なものをきゅっと抱きしめて、雄大は微笑で言った。

「泣いてるおまえを見つけたのが泉井先生で本当によかった。あんなふうにおまえのことを守ってくれて、大切にしてくれて、愛してくれて、よかった」

「愛してって…」

「本当だよ。泉井先生、今でもおまえのこと愛してるよ。なんつーか、巣から落ちた瀕死《ひんし》の幼鳥を、飛び立つ寸前まで育てたのは僕だーって気概を感じたし」

「なにそれ…」

「マジだって。なにしろ俺、またおまえを泣かせたら許さないって言われたもん」

「…え?」

「先生に本当のことを教えてもらってさ、俺、おまえにも教えてやらなくちゃって言ったんだ。そしたらさ…」

泉井は、学生時代と同じ気持ちでいるのなら、朱鷺に会うのはやめなさいと雄大に言った。あれから二年が経っている。朱鷺があの事件を、つらい思い出として片づけられるようになっているのなら、そっとしておいたほうがいい。

『もし彼が、今でも君のことを思っていたらどうする? 君は真実を知らせたいという正義感だけで彼に会うのか? 彼の思いは知っている、でも受け入れられないと言って、また彼を傷つけるのかね?』

そう言って、雄大の安っぽい正義感をぺしゃんこにしたのだ。

「俺、大ショックだったよ。なにがショックって、先生が言ったとおりだったからさ。先生が最初に俺に言ったみたいに、真実を告げるには資格がいるんだって、あの時に教えてもらった」

告げてもいい真実かいけない真実か。告げたほうが幸せな真実か、不幸せな真実か。告げられたほうの気持ちを斟酌《しんしゃく》しているか、想像しているか、我が身に置き換えているか。告げることで相手が絶望しても、その思いを受けとめる覚悟はあるのか。

「その時は俺、そこまでの覚悟はなかった。おまえのあの眼差しを思いだして、俺には受けとめきれないと思った。だから先生から聞いた話は忘れようとしたんだ」

仕事に集中して、家でも仕事のことを考えるようにして、朱鷺のことも、結局は好奇心の塊だった愚かな自分のことも頭から締めだそうとした。けれどふいをついて頭に浮かぶのは朱鷺のことばかりだった。

「今どうしてるんだろうとか、元気なのかなとか、そんなことばっかり考えてさ。秋ぐらいまでは我慢してたんだけど、寒くなってきたら心配でしょうがなくなってさぁ」

「寒くて、心配…？」

「ほら、思い出は美化されるっていうじゃん。俺の中の朱鷺は、段ボール箱に入れられて捨てられてる、小さくて弱い子猫になってってさ、誰かに拾ってもらったかな、あったかくしてもらってるかな、ごはんももらってるかなとか」

「それ、美化ちゃうやん。おととしの冬っていうたら僕、二十三になってたし、立派な大人やん」

「いやだからイメージだって。とにかくなんか、ダメになっちゃってるんじゃないかって心配でさ」

だから同級生に片端から朱鷺のことを聞いてみた。けれど誰一人、朱鷺の消息を知っているものはいなかった。

「マジかよと思ってさぁ。こんなことになるなら、学生時代、ちゃんと話をすればよかったとか、友達になればよかったとか、でも朱鷺は俺と友達になりたいわけじゃなかったんだとか、朱鷺の気持ちに気づいてたとしても、あの時の俺には彼女がいたしとか、今さら考えてもどうしようもないことばっかりなのに、グルグル考えちゃってさぁ」

グルグル、グルグル考えた。気がつくと朱鷺のことを考えていた。朱鷺のことばかり考えていた。笑顔を見たことがないことに気がついた。ちゃんと声を聞いたことがないことにも気がついた。どんなふうに笑うんだろうと思った。笑顔はどんなだろうと想像した。ゲラゲラ笑ったりするんだろうか。どんな声で冗談を言ったりするんだろう。どんなことを話すんだろう、興味があるのはどんなことだろう、なにを言ったら笑ってくれるだろう、どうしたら笑顔を見せてくれるだろう。

「そんである日独り言かましちゃってさ。朱鷺に会いてーって。声に出してみて気がついたね。俺ってもしかして、朱鷺のことが好きなんじゃないかってさ」

「待って、雄大、…」

「何ヵ月も一人の人間のことばっかり考えてるのって、それって恋だろって。典型的な片思いじゃないかって」

「待って雄大、思いこみかもしれへんよ」

朱鷺は身を任せていた雄大の胸から慌てて体を起こした。抱き上げられていた膝から下りようとしたけれど、雄大にがっちりと腰を抱えられていてどうにもならない。朱鷺はひどくうろたえて、泣きそうな表情で雄大に訴えた。

「あの、それ、きっと恋とかやないよ、雄大は優しいから、あ、あんなふうに大学辞めた僕のことが気になってただけのことで、…」

「朱鷺」

「本当にそうやん、雄大は優しいやん、だからあんな噂を立てられた同級生をかばってやれへんかったって、きっとそうやん、後悔しててんよ、恋なんかや、…」

「朱鷺、うるさい」

「うる…っ!?」

うるさい口はキスでふさがれた。不馴《ふな》れな朱鷺が硬直すると、雄大はふっと笑って、とがらせた舌先で朱鷺の唇の輪郭をたどった。それだけで朱鷺はゾクッと感じてしまう。カァッと顔を赤くした朱鷺を見て取って、雄大は朱鷺がクラクラするほど色っぽく笑って囁いた。

「こんなこと、後悔してるだけの男ができるか？」

「ゆ、だい…」

「後悔してるだけの男が、おまえをオカズに抜いてみようなんて思うか？　やってみたら、がっかりするほど簡単にイケたんだぞ？」

「ゆ、ゆ…!?」

「おまえの感じてる顔とか、恥ずかしがってる顔とか、俺にいろんなところいじられてよがってる顔とか、イク時の顔とか、……俺に抱かれてる時の顔とか」

「雄大…っ」

「後悔してるだけの男が、そういうエロいことを想像しまくると思うか？　ふわふわで柔らかい胸もなければ、感じて濡れる穴もない男を抱きたいと思うか？　ヤリたいと思うか？」

「ゆ……」

「後悔してるだけの男が、朱鷺、おまえを抱きたいと思うか？　俺のものにしたいと思うか？」

「……っ」

うつむいた朱鷺が何回も何回も首を振る。泣いているのだと雄大にもわかった。なんでこいつはこんな可愛いんだと思いながら、子供のように泣き続ける朱鷺を胸に抱きこんで言った。

「だからおまえに会おうと思った。ちゃんとこの目でおまえを見て、妄想なんかじゃなく、生身の男のおまえを見て、それでも可愛いと思ったら、抱きたいと思ったら、そんでもしおまえがまだ俺のこと好きでいてくれたなら……、絶対に俺のものにすると決めたんだ」

「ゆ、だい…雄大…っ」

「だから朱鷺、安心して俺のものになれ。もう二度とほかの男にさわらせるな。堂々と俺を欲しがれ。添島雄大は椎名朱鷺の男だと、胸を張って言え」

「んっ…、うん…っ」

「いいか、朱鷺」

手のひらでグイグイと朱鷺の涙を拭い、がっちりと視線を合わせて雄大は言った。

「生きてれば逃げだしたくなることなんかいくらでもある。だけど、どんな時でも、なにがあったとしても、過去に逃げるな。逃げるなら未来へ逃げろ」

「……雄大……」

「未来には可能性がある。未来なら、俺はどこまでもおまえと一緒に行ける」

「うん…うん…っ」

朱鷺は笑おうとして失敗した。勝手にくしゃっと顔が歪《ゆが》んで、勝手に涙がこぼれて落ちた。

恥ずかしくて雄大にしがみつくと、しっかりと朱鷺を抱いた雄大は溜め息をこぼして呟いた。

「…ようやく思いが通じて、ワタクシは天にも昇る気持ちです。だから本音を言えば、今すぐおまえを抱きたいところだけど…」

「あ、ゆうだ…、ごめん、あの…っ」

「わかってる、コンディションよくないんだろ」

「ごめん、なさい…」

名前も知らない男に抱かれて、もう今夜は体がキツい……、その事実を、雄大はそんなふうに言ってくれた。後悔と申し訳なさで体を縮めた朱鷺に、雄大はもう一度溜め息をついて言った。

「でもとにかく、風呂に入ってきてほしいな。このムカツク安石けんの匂いを落として、いつものいい匂いの朱鷺になってほしいなと」

「あっ、う、うんっ。すぐ入ってくるっ」

雄大が笑ってしまうほど慌てて立ち上がった朱鷺は、リビングを出ようとして振り返った。

「あの、雄大、あの…」

「うん?」

「僕が風呂を出たら、お茶…いれてくれる…?」

先に寝ちゃったりしぃへんよね? そんな不安をこんなふうに訴える朱鷺がすこぶる可愛

い。雄大は深くうなずいた。

「バケツ一杯、いれてやる」

朱鷺はコクコクとうなずいて、走って風呂場に向かった。

湯を沸かそうと台所に向かった雄大は、べっこりとへこんだ壁を見て、修理しないと、とがっくりと肩を落とした。

「女の子に手ぇ上げたことはないけど、男相手だと自制がきかねぇなぁ…」

呟きつつ流しでヤカンを洗ったら、右手に水がピリッと染みた。ん？ と思って右手を見て苦笑した。壁を破壊した時にすりむいたようだ。朱鷺を自分のものにできるなら右手くらいくれてやると思い、いやいや待て待て、右手は朱鷺をよがらせるのに必要だから、くれてやるのは左手にしようと思い直し、ニヤニヤニヤッといやらしく笑った。

「なんつーか、すげぇ幸せ」

ヤカンを火にかけた。


三月ももう終わる。

その夜、雄大が帰ってくると、家中が真っ暗だった。あれ？ と思った雄大は、食卓の上に置いてあったメモを読んで微笑した。帰ってきたら起こして、と書いてある。

「仕事、一段落ついたんだ」

この一週間、朱鷺がキーキー言っていたのは知っている。輸入雑貨をネット上の店舗で販売している会社が、取り扱い品目を追加するので、ついでにリニューアルしてくれと頼んできたのだ。仕事をいただけるのはありがたいけど、データも全部まとまっていないのに一週間でやれとはどういうことだ、僕に寝るなということかと、とにかく朱鷺はご機嫌が悪かった。

「会社の苦労はどこも同じだな。納期、納期、納期に追われて一年が終わる」

夕食の下ごしらえまですませてから朱鷺の寝室に入った。情け容赦なく電気をつけたが、朱鷺はピクリともしない。何時に寝たのかなと少し可哀相《かわいそう》に思いながらベッドに腰かけた。

「朱鷺、朱鷺。もうすぐ晩飯だぞ」

「……んー、お帰りなさい……」

軽く肩を揺すると朱鷺は不明瞭《ふめいりょう》な声でそう言った。雄大は苦笑して朱鷺の頭を撫でた。

「仕事終わったんだろ？ このまま朝まで寝ちゃうか？」

「んー…、起きる…」

「何時に寝た？」

「お昼、過ぎくらい…」

ようやく朱鷺が目をこすって体を起こした。昼過ぎにベッドに入ったなら、とりあえず七時間は寝ている。そう思って安心した雄大は、朱鷺の頬に軽くキスをした。

「はい、おはよう。あと一時間くらいで晩飯だから」

「うん…、風呂入ってきちゃう…」

「寝呆《ねぼ》けて溺れるなよ」

うん、と答えた朱鷺のはにかむような微笑が可愛い。目の下の青黒い隈《くま》も消えていて、よかったと雄大は思った。

今夜のメニューは鰆《さわら》の西京漬けにアスパラのゴマ和《あ》え、ウィンナー入り温野菜と、本日朱鷺のお母さんから届いた千枚漬けだ。朱鷺は風呂上がりのパジャマ姿が、激しく雄大を刺激していることにも気づかず、いそいそと漬物に箸を伸ばしながら言った。

「今年の千枚漬けはこれで最後かもしれへんね」

「もう春だもんなぁ。次に食べられるのは秋かぁ」

「これからはウリとかナスやけど…、雄大、どっちもあんまり好きやないよね」

「ウリやナスよりは千枚漬けのほうが好きだけど、俺が今一番食べたいのは朱鷺かな〜」

「……」

はっきりと言われて、朱鷺はぽうっと目元を染めた。せっかく思いが通じ合ったのに、それを狙《ねら》っていたように朱鷺にドカンと仕事が入って、抱き合うどころかまともなキスもしていないのだ。今日まで忙しくてそんなことは頭から抜け落ちていたが、雄大にパキッと言われて、もう肌を合わせることになんの障害もないのだということを改めて感じて、朱鷺はなんだかものすごく恥ずかしくなってしまった。赤い顔を伏せて黙っていると、ククと笑った雄大がずずっと味噌汁を飲んで言った。

「とにかくまぁ、メシを食え」

「う、うん…」

「ところで朱鷺」

「なに…？」

「可愛い」

「…っ」

今度こそ、朱鷺は雄大が期待したとおり、耳まで真っ赤にした。

食後、いつものようにソファに移動して、テレビを見ながらぐだぐだとお茶を飲む。マジックショーの特番が放映されていて、信じられないくらい大がかりな仕掛けの、魔法じゃないかと思うほどすごいマジックの連続に、朱鷺は画面に釘《くぎ》づけになった。ふと雄大が席を離れたことは気がついていたが、なかなか戻ってこないことはちっとも気にならなかったし、だから戻ってきた雄大にいきなり抱き寄せられた時は完全に油断していて、えっ、と思った時にはもうキスをされていた。

「ん、ん…んん…」

深い口づけを受けながらパジャマの上から体を撫でられた。雄大からは石けんの匂いがして、風呂に入ってたんだと気がついたとたん、これから始まることを想像して、一気に鼓動が速くなった。息が上がって苦しくて、キスから逃げるようにあごを上げると、チュッと音を立てて唇を離した雄大が忍び笑いを洩《も》らすのを感じた。間近から顔を見られていることがわかる。恥ずかしくて目を開けられない。そんなに見んといて、と泣きたくなった時、雄大の手に足のつけ根をまさぐられた。

「あ…、あ、あ…」

体の芯《しん》がジワッと熱くなった。そのまま内腿《うちもも》を揉まれ、熱くなり始めているそこをからかうように撫でられる。そんなふうに焦《じ》らされて火をつけられて、首筋に歯を立てられた時にはもう我慢ができなかった。

「ゆ、だい……、抱いて……」

雄大の首にすがりついてかすれた声でそう言うと、ふっと笑った気配で雄大が答えた。

「抱いてじゃないだろ。好きって言うの。恋人なら好きって言うんだよ」

「恋人…」

「だろ？　ほら言ってみろ。雄大、好きって。ほら」

「雄大……、す、す…す…っ」

「頑張れ、頑張れ。俺はおまえのものなんだから、怖がらなくていいんだ。好きって大いばりで言え」

「す……、好き……、雄大、好き、好き…」

一度口にしたら歯止めがきかなくなった。体の中にたまった好きという言葉が、堰《せき》を切ったようにあふれでてきた。

「好き、雄大…好き、好き……、好きなん、好きなん…っ」

「ああ。俺も朱鷺が好きだよ」

「好き、好き…っ、愛して雄大……、僕を愛して…っ」

「任せろ。溺れるくらい愛してやる」

「あ……」

その言葉にゾクンと感じた。体温が上がる。ギュウッと雄大にしがみついた朱鷺の体から、ほのかなオレンジの香りが立ち上った。雄大は満足そうな微笑を浮かべると、朱鷺を抱いてのしっと立ち上がった。

自分の部屋に朱鷺を運び、パチッと電気をつけて、朱鷺を布団に押し倒す。そのまま深い口づけを交わしたが、キスも満足に返せない朱鷺がどうしようもなく可愛かった。たっぷりと朱鷺の舌を吸い、口中を舐め回し、朱鷺の体温をじりじりと上げながらパジャマのボタンを外していく。

「雄大…も…」

呼吸を乱した朱鷺も雄大のパジャマに手を伸ばした。邪魔なものをすべて取り去った体で再び抱き合うと、それだけで朱鷺は感じて声をこぼす。

「んあ、……ゆ、だい…」

「細い体だな。壊しそうだ」

「もっと、太ってるほうが、好き…?」

「いや。もっとガリガリでも、もっとぷくぷくでも、朱鷺ならなんでも好き」

「雄大…」

はにかむような微笑を浮かべた朱鷺に、雄大はもう一度唇にキスをした。そのままあごにキスを移し、首筋に舌を這《は》わせていく。直接いじってもいないのにすでに硬くとがっている胸を口に含むと、吐息ともつかない声をこぼした朱鷺がギュッと雄大の頭を抱えた。舌先で転がすように胸のとがりを刺激してやると、朱鷺は小さく身もだえて言った。

「雄大…、で、電気、消して…」

「つけとく。おまえがよく見えない」

「えっ、い、いやや…っ」

「心配しなくても、そのうち気にならなくなる」

「ゆうだ…、んぁっ…」

おとなしくしてろとばかりに雄大は赤く色づくとがりに歯を立てた。朱鷺のふるえが手のひらに伝わってくる。素直な反応が愛《いと》しい。するりと手を下に伸ばし、一番素直に快感を表しているそこを手のひらに包んだ。それだけで朱鷺の腰がビクリと跳ねる。弛《ゆる》くしごくと、くっと息を詰めた朱鷺が膝で雄大の腰を挟んできた。

「あ…あ…ん、ぁ…」

「この程度でイクなよ?」

「わか、へん……あっあっ」

「マジかよ、そんなにイイことしてないぞ」

「ゆ、だい、やから…ぁあっ、雄大やから、感じる…っ」

「…くっそ、メチャクチャ可愛い」

低く呟いた雄大の目に獰猛《どうもう》な光がともる。前をいじっていた指をそろりと奥へ伸ばし、まだ固く閉ざされている入口を指の腹で撫でた。

「…あっ、あっあ…っ」

「ここ感じるんだよな。でもこれも…好きだろ?」

「あ、…あぁ…」

じっくりと指を入れると、朱鷺の中は待っていたように締めつけてくる。受け入れることに馴れたそこは、けれど快楽に馴れていない。そのことが悲しくて嬉しい。雄大はゆっくりと指を動かし、朱鷺が快感だけに集中していくのを待って指を増やした。

「あ…あっあ……っん、ゆ、だい…っ」

朱鷺のそこは貪欲《どんよく》に雄大の指を呑みこむ。もっととねだるように勝手に中がうごめく。そのままいやらしく指を動かされて、朱鷺はのけ反るほど感じてしまった。雄大が三本目の指をもぐりこませてきた時には、朱鷺はほとんどすすり泣いていた。

「ゆ、だいっ、雄大…っ」

「俺が欲しいか、朱鷺?」

「ん、んあっ…あ、あっ」

「こんなふうに俺で中をこすられたいか?」

「あぁ、あっ…欲、しい…っ、雄大が、欲しい…っ」

「俺も朱鷺が欲しいよ」

低く囁いて指を引き抜いた。代わりに怒ったように硬く大きくなっている自分自身をそこに押しつけた。あ、と甘い声を洩らした朱鷺が、期待でとろりと瞳を溶かす。先端をこすりつけて焦らしてやると、唇をふるわせた朱鷺が我慢できないというように腰を揺すり上げた。

「ああ、あ、雄大…好き、好き…早く…」

「これが欲しいか?」

「欲しい……欲しい、入れ、て…っ」

「入れてやる。これはおまえのだ」

囁いて一気に朱鷺を貫いた。声にならない悲鳴をあげた朱鷺が、張り詰めた先端からとろりと白濁をこぼした。射精をともなわない絶頂が朱鷺を混乱させ、乱れさせる。過敏になった体は雄大の身じろぎ一つにも感じてしまって、雄大に突き上げられて悲鳴をあげた。

「やめ、てっ、雄大…っ、動かんといてっ」

「もっと感じろ。朱鷺、俺をむさぼれ」

「あぁっあっ…助けてっ、助けて…っ」

「ダメだ。溺れさせるって言っただろ」

「ゆう、だ……あぁ、あ……」

すがるなら俺にすがれと囁いて雄大は腰を打ちつけた。感じすぎる体を容赦なく攻め上げられ、揺さぶられて、朱鷺の体は快楽でいっぱいになる。腕も、足も、指先も、頭の中もどろどろに溶けてしまった気がした。雄大に溺れ、雄大にすがりつき、この男さえいればなにもいらないと思った男に狂わされ、苦痛にすり変わる寸前の快感に泣き乱れた。行き場のない悦楽が朱鷺の体を鮮やかな薄紅色に染め上げ、雄大の目を奪う。

「朱鷺、朱鷺……、綺麗だ…」

「あぁ、んっ、…んぁ…」

「ずっとこうしてやりたいと思ってた。おまえを抱いて、よがらせて…」

「ああ、雄大…」

「おまえの体を朱鷺色に染めてやりたいと思ってた。俺だけが見ることのできる、世界一綺麗な色だ」

「雄大、雄大…っ」

命の限り好きな男からそんなことを言われて、嬉しくて幸せで涙があふれた。歓喜が新たな快楽を呼び起こし、体がもっと雄大を求める。雄大の腰に足を絡みつかせ、首にすがりつく。雄大の熱を呑みこんだ内部は雄大を締めつけ、引き絞り、まさしく雄大をむさぼるように淫《みだ》らにうごめいた。

「あぁッ、あっあ……っ、あっ雄大…雄大っ……もうっもうっもう…っ」

「イッていいぞ…、俺も、もう、イク」

「はぁっ、あっあ……あぁっ…あ……あああぁっ」

「ほら、イけよ…」

耳朶《じだ》をかすめる囁きが引き金となって朱鷺は一気に昇り詰めた。雄大が顔をしかめるほどキツく締めつけてしまう。小さくうめいた雄大にグンと奥をえぐられて悲鳴をあげた瞬間、朱鷺は胴をふるわせて達した。

体中の力が抜けて、雄大の首に回していた腕がぱたりと布団に落ちる。まだ雄大が中にいる……、ぼんやりとそう思った時、雄大がそうっと体をずらした。同時に中の雄大もずるりと引きぬかれる。朱鷺は朦朧《もうろう》とした頭で、それでも慌てて言った。

「ごめ、なさ…」

「ん？　なにが？」

「僕、イッちゃって…、ゆ、だい、まだやん…ええよ、して…」

「あいにく、おまえがイクより先に俺は発射してました。……すごくよかったよ」

「そう、なん…よかった…」

心底ホッとしたように朱鷺は微笑した。雄大は朱鷺を胸に抱きこみ、潮が引くように朱鷺色が褪《あ》せていく体を、名残《なごり》惜しそうに撫でた。あ、と小さな声をこぼした朱鷺が、小さく身じろぎした。

「アカン…、感じる、よ…」

「いいよ。もう一回しよう。二回がよければ二回でもいい」

「も、もう無理やん…っ」

「俺はたぶんイケる。何度でもおまえを朱鷺色に染めたい」

「そういう……意味や、ないて……」

朱鷺は恥ずかしそうに呟くと、いたずらな雄大の手をそうっとどかして雄大に抱きついた。

「僕、夏の夜明けに生まれてん……、それでお父さんが、その時の空の色見て、僕の名前をつけてくれはってん……」

「そうなんだ。暁《あきら》とか昇《のぼる》にしなかったところが、組紐を扱ってるお父さんらしいな」

「子供の頃は、なんでこんな名前にしたんやろうってすごくいややった」

「もしかして、いじめられた？」

「ううん、からかわれる程度やったけど。でも名づけの理由聞いて、朱鷺でよかったって思ってん」

「うん？」

「だってもう少し早く生まれてたら藍《あい》とか瑠璃《るり》、そうやなかったら珊瑚《さんご》とか真朱《まそほ》ってつけられてたかもしれへんやろ？」

「椎名藍ちゃん……、いや、うん、朱鷺でよかったな」

朱鷺なら藍ちゃんでも瑠璃ちゃんでも珊瑚ちゃんでも真朱ちゃんでも似合うと思ったが、あえて口にはしなかった。ククと笑って朱鷺に軽く睨まれた雄大は、ご機嫌取りのキスをして言った。

「おまえのお父さんには絶対に秘密だけど」

「うん…？」

「俺は夜明けや夕方、朱鷺色の空を見るたびに、おまえのことを思って苦しくなった」

「そうなん…？」

「うん。おまえの声が聞きたい、おまえの笑った顔が見たいって、もう切実に思った。だって俺は、おまえの悲しい目しか知らなかったからさ」

「ん……」

「だから今、すげぇ幸せ。おまえを笑わせたり泣かせたり、恥ずかしがらせたり怒らせたりできて、ホント幸せだぞ」

「……うん」

朱鷺はうなずくことしかできなかった。自分だってどれほど幸せか、たくさんたくさん雄大に伝えたいのに、なぜか言葉が出てこなかった。雄大の胸にぺたりと頰をくっつけると、体ごと抱きこんでくれた雄大がふっと笑って言った。

「でもこれから朱鷺色の空を見たら、違うことで心が乱れそう」

「うん…？」

「おまえを抱きたくなって」

「え、あの…、雄大、ホンマに、無理…」

気がついたら雄大にのしかかられている。いやではないが、またあんなふうにされたらおかしくなってしまう……、困惑と期待と羞恥《しゅうち》が朱鷺の目元を染め、それが雄大を煽《あお》った。

「無理じゃないだろ。起きられなかったら、明日一日寝てればいい」

「ゆうだ…」

「仕事終わったんだし」

「あ……」

唇を吸われたらもうあらがえなかった。朱鷺がその名のとおりに体を色づかせ、匂い立つような色香で雄大を夢中にさせるまで、たいした時間はかからなかった。


「朱鷺〜、晩飯ぃ〜」

仕事部屋の引き戸を開けて声をかけた雄大に、朱鷺は背中を向けたまま、んー、と気のない返事を返した。またか、と溜め息をついた雄大は、ずかずかと室内に入りこんで朱鷺の髪をくしゃくしゃとかき回しながら言った。

「忙しいのはわかる。だったら十分で食え。とにかくメシだけはちゃんと食え」

「んー、もう行く。急いでるわけやないから、ちょっと切りのいいとこまで…」

「おまえの切りのいいとこまでってのは、今出ましたっていう出前くらい、あてにならないんだよ……」

「なんなん、それ」

クスクス笑う朱鷺の背後から、雄大はむうっと眉を寄せてパソコンのディスプレイを覗きこんだ。俺の朱鷺を独り占めしているのはどこの会社だと思ったが、画面に表示されているファイルを見て目を丸くした。

「おいおい、これ、ウチの会社だぞっ」

「……え？」

「これっ、このサイトッ、おまえが今更新してるこれ、ウチの新商品っ」

「えーっ!?　そうやったん!?　えー、雄大、添島工業に勤めて……、え？」

ちょっと待ち？　と朱鷺は固まった。急いでブラウザを立ち上げて添島工業のサイトを開くと、雄大はゲラゲラ笑いながらディスプレイを指先で叩いた。

「うーわ、マジでウチの会社だ！　なんだよ、朱鷺が作ってくれてたのか、ウチのホームページ！　全然知らなかったよ」

「あのえと、添島工業って、あの、雄大の会社って、あの、雄大のお家《うち》で経営してはる……？」

「そうだよ。ほら、会社概要」

カチとページを開けて、出てきた社長の顔写真を指差して雄大は続けた。

「ほら、親父《おやじ》。典型的な中小企業の社長って顔だろ」

「待って雄大、えっ、そしたら雄大は将来、お父さんの跡継ぐん!?」

「うん」

「次期社長なんーっ!?」

「大げさだよ。ウチみたいな小さい会社は、家族経営でやってくしかないんだし、桶屋《おけや》の息子は桶屋ってヤツだよ」

「小さいって…」

さっとデータに視線を走らせて、朱鷺は軽いめまいを覚えた。資本金三千万円、本社のほかに第一、第二工場があり、従業員はパートを含めて二百七名。小さくない。全然小さい会社やないっ!

「雄大、ここの、次の社長……」

茫然と呟く朱鷺に、苦笑をして雄大は答えた。

「今はただの平社員だって。ほらもういいだろ、メシ食おう」

「あ、はい、若社長」

「やめろ」

雄大の即答に照れを感じ取った朱鷺は、ニィッと意地の悪い微笑を浮かべて言った。

「だってクライアントの息子さんってことは、未来のクライアントってことやろ? 大~事にせんと。お夕飯、ビールつけましょうか、若社長?」

「社長言うなっ」

雄大はめずらしく顔を赤くすると、パカンと朱鷺の頭を叩いた。

みちゆきは戀ふて美し

恋人関係を良好に保つコツは、相手の話を聞いてやることだ。

「初めて顔を見たからなんやって言うん？　僕やってあのおばさんの顔、初めて見てん、四軒向こうに住んでる相手なんて、顔どころか名前やって知らへんよっ」

「うん」

「大体、初対面の相手に向かって、学生さん？　とか、学校どこ？　とか、仕事はなに？　とか、どこに勤めてるん？　なんて聞かへんやろ!?」

「うんうん」

「おまけにお母さんは、お父さんは、兄弟は、とか聞くし、そんなプライベートなことおばさんに言う義理ないやん！」

「うん」

「はぁ、とか、まぁ、とかテキトーに答えてたら、あのおばさん、あなた本当に椎名《しいな》さん？　とか言うて僕のこと変な目で見るんよっ」

「うんうん」

「頭にきたし、僕は夜の仕事だから昼間はずっと寝てるんですって言うたんよ、本当のことやん？　そしたらあのおばさん、汚いものでも見るような目で僕のこと見んねんっ」

「うん」

「もー絶対、職業に貴賤《きせん》ありって考えの持ち主やん、いけ好かへんったら！　税金を納められる種類の仕事なら、どんな仕事やろうと働いて対価を得るのはまっとうなことやんっ」

「うんうん」

「あんな割れたクルミみたいな顔にプードルみたいなカッコして、あんたさんこそどちらのおばけ屋敷にお勤めですかって聞きたくなったわ！　そう思うやろ⁉」

「そうやねぇ」

「そやろ⁉　まったくもうっ」

一通りまくし立てて気のすんだらしい朱鷺《とき》は、クッションを抱えたままボスンと乱暴にソファに背中をあずけた。ほんの二秒ほどの沈黙が落ち、それで朱鷺の「話」が終わったのだと気づいた雄大《ゆうだい》は、ぼんやりと見ていたテレビから視線を外し、のっそりとソファを立った。

「お茶、いれ直すな。日本茶でいい？」

「あ、カフェオレがいい。お砂糖二杯入れて。ホンマにあのおばさん、ムカックわ」

「うんうん」

見事だ。どーでもいーことには、すかさずどーでもいーあいづちを打つ。雄大の技は本当に見事としかいいようがない。高校・大学と、三人の彼女と付き合った経験から、とにかく恋人の「話」は、「どーでもいー話」だろうと「聞く」ことが大事なのだと会得しているのだ。一所懸命でも、流すのでもなく、ただ「聞く」。決して反論したり意見したりしてはいけない。恋人は話したいだけ、かつ聞いてほしいだけだから、下手になにか言おうものなら、無間地獄のような陰口の叩《たた》き相手にされるか、あるいは収拾のつかない口喧嘩《くちげんか》に発展してしまうと、これも経験上、知っているのだ。

そしてもう一つ、雄大は会得したことがある。「そぅ思うやろ？」と同意を求められたら、「そうやねぇ」と返さなければならないということだ。この場合だけは「うん」とか「へぇ」ではいけない。京都人だけに通用する技だろうと雄大は思っているが、とにかく同意を求められたら、たった一言、「そうやねぇ」、これだけを返せば九割方丸く収まる。べつに「そうだね」と東京語で返してもいいのだが、京都語にしたほうが朱鷺がすんなりとお腹立ちを収めてくれることも学習している。だてに四ヵ月も同居しているわけではないのだ。雄大の扱い上手のおかげで、二人は滅多に喧嘩をすることはない。

夕食前、ごはんが炊き上がるまでのちょっとした休憩タイム。雄大が帰ってくるのを待ち構えていた朱鷺にダダダダと鬱憤《うっぷん》ばらしをさせ、無事に朱鷺のガス抜きを終えた雄大は、リクエストどおり甘いカフェオレを作ってやり、自分用には砂糖一杯のコーヒーをいれ、ソファに戻った。

四月も末だ。数日前の強風で、なんとか残っていた桜の花も散ってしまったが、まだ五分咲きの頃には二人で花見にも出かけた。もちろん雄大のほうから誘ったのだ。お家《うち》大好きの朱鷺に、雄大は、ギリギリ最低ラインといった感じだが、デートや旬の食材を使った食事の提供などで季節を感じさせているのだ。

その雄大は無意識に、当たり前のように朱鷺の肩をグイッと抱き寄せて言った。

「そのプードルのおばさんて、おまえの肩くらいの背で、ドイツのヘルメットみたいな髪型の人だろ？」

「そうそうっ、え、なに、雄大も見たことあるん？」

驚いた顔を向けてきた朱鷺に、雄大はズズッとコーヒーをすすって答えた。

「朝なんか、たまに会うよ。おばさんのゴミ出しの時間と俺の出勤時間が重なってるのかも」

「そうなんや！　失礼なこと言われへんかった？」

「言われたというか、聞かれたな。俺がここに居候始めてわりとすぐだったから……一月の半ば頃かな」

「そうなん!?　僕ここに住んで二年になるけど、あのおばさんに遭遇したのは今日が初めてや。それでなに聞かれたん？」

「だから、名前と、椎名さんとどういう関係かと、仕事」

「なにそれ!?　まさか雄大、正直に教えちゃったんやないよね!?」

「教えたよ？　添島《そえじま》ですって言って、椎名さんところでルームシェアさせてもらってるって言って、プラスチックのモルディングファクトリーでCEOのセクレタリーを基本としてオールマイティーなワークをしてるって答えた。すごく感心されたよ」

雄大のとぼけた答えに、朱鷺は声を立てて笑った。たぶんあのおばさんは、意味がわからないのに横文字に圧倒され、ついでに感心もしてしまったのだろう。だから、「なんだかすごい添島さん」を居候させている朱鷺に興味津々で、あんなにいろいろ聞いてきたのだと思った。

「そんなにすごい添島さんに部屋を貸してる僕が夜の仕事やって知って、どう思ったんやろね」

クスクス笑いながら言う朱鷺に、雄大は悔しそうに答えた。

「とっさに同棲《どうせい》って英語が出てこなかったんだよなぁ」

「同棲って…」

「事実だろ?」

「うん、まぁ…」

朱鷺がふっと顔を伏せた。見なくても赤面していることが雄大にはわかる。可愛《かわい》いなぁと思う反面、こういう純なところのある朱鷺に覚悟を決めさせるのは大変だろうとも思う。

覚悟。

雄大は朱鷺に、この先一生、一緒にいることの覚悟を決めさせたいのだ。

（たぶんこいつ、死ぬまで俺に愛されるってことがどういうことか、本当にはわかってないはずだし）

今までのように、「僕は雄大と一緒にいられればそれだけでいい」というだけではすまないのだ。なにしろ雄大は添島工業を継がなくてはならない。雄大の両親を含め、周囲は結婚、そして跡継ぎを望むことはわかりきっている。

（ま、俺はこいつを手に入れると決めた時から、腹をくっているし、いろいろ考えてもいるけど）

朱鷺はそうではないだろう。もちろん頭では理解しているはずだ。雄大が添島工業の跡取りだと知った時点で、この先なにが起きるか予想はついているに違いない。

（でもその予想が現実となった時、頭で考えたようには心はついていかないもんなんだ。今はまだ、いざとなったら俺を結婚させて、自分たちは秘密で愛し合っていけばいいと思ってるのかも知れないけど）

世間的にはそれでなんとか収まるだろうが、収まらないのはそう思っている朱鷺自身の心のほうなのに。

雄大は微苦笑をして朱鷺の髪に頬《ほお》ずりをした。朱鷺は世間知らずな子供のように、愛知らずな大人なのだ。愛は甘くて美しいだけじゃなく、苦くて醜い部分もある。それを知らないまま、果たして雄大と一生をともにする覚悟ができるものだろうか？

（むつかしいだろうなぁ……）

そんなことを考えていたら、台所から単音の電子音によるマヌケなキラキラ星が聞こえてきた。炊飯器が炊き上がりを知らせているのだ。雄大は朱鷺の髪をくしゃっとかき回してほほえんだ。

「さ、ごはんが炊けた。メシにしようか」

「あ、うん」

朱鷺もにっこりと笑顔を返した。三十分後、食卓においしそうな夕食が並んだ。朝は関東風の代わりに夜は京風の味噌汁《みそしる》。漬物は朱鷺のお母さんがマメに送ってくれる季節の京漬物だ。それから牛肉とシラタキの煮物とアスパラとワカメのタマゴ炒《いた》め、おまけがハンペンとキュウリのマヨワサだ。雄大と一緒に暮らすようになって朱鷺の食生活は飛躍的に向上した。

朱鷺は幸せそうに料理を口に運びながら言った。

「いつもおいしいもんをありがとう」

「いーえ、お口に合って幸いです。おまえの食事は俺がきっちり面倒見るから、とにかくおまえはちゃんと食え」

「うん。……ホンマに、ホンマにありがとう」

「バカ、そんな大感謝するな。メシ作るくらい、どうってことないよ。愛してるんだから」

「えっ、あっ」

朱鷺が箸《はし》でつまんでいたハンペンを落とした。ドバッと真っ赤になった顔からも、ものすごく照れていることがわかる。あれ？　と雄大は内心で首を傾《かし》げた。

「ちゃんと言ってなかったっけ？　愛してるって」

「う、うん…っ」

「あ、ごめん。不安だったろ、ごめんな。愛してるよ」

「うんっ、うん、うんっ」

「メシ食いながら言うことじゃないか？　じゃああとで、ちゃんとシチュエーションを整えてから言うから」

「あのっ、えとっ、べつに…っ、僕はっ、…ハ、ハンペンッ、おいしいね…っ」

食卓に落としたハンペンをざっくりと箸に刺して朱鷺は言った。いつもの朱鷺ならそんな行儀の悪いことはしないし、ハンペンを突き刺した箸がふるえていることからも、朱鷺が激しく動揺していることがよくわかる。雄大はふっと笑うと、こんな言葉くらいで動揺しないように、これからは愛してるの豪雨を毎日朱鷺に降らせようと心に決めた。

その日、朱鷺はめずらしく打ち合わせで外出していた。

(モデルの画像を合わせて、ファッションショー風に、か……困ったなぁ……借りてきたショーのビデオ、とにかく見て……)

マンションへの帰途、地下鉄の車内でドアの前に立って、ガラスに映る自分の顔に向かって溜《た》め息《いき》をついた。本日の打ち合わせ相手は服飾デザイナーで、春秋のコレクションのたびに大がかりな特集ページを依頼してくれる。そのほかにこまめに画像の入れ替えや取扱店の追加など更新も頻繁にあって、朱鷺の顧客の中でも大口のクライアントだ。

(大がかりなフラッシュを作るわけやから、とにかく早くコンテを上げよう。極力軽くするために色を落として、スポットライト風にしてみようか……)

いろいろ考える朱鷺の唇から、ふっと溜め息がこぼれた。パンツのポケットからケータイを取りだして時刻を見る。午後八時少し前だった。

(…今夜も帰り、遅いんやろうな……雄大……。べつに、関係ないけど。いっそのこと、帰ってこんかったらいいんや……)

そう思いながらもまた溜め息をこぼした。口端がキュッと下がる。泣きたい気分なのだ。

雄大と、喧嘩をした。

もう一週間は前になる。きっかけは、旅行の話だった。いつもの夜と同じ、夕食後のお茶のひととき、行楽地を案内するテレビ番組を見ながら、どうでもいいことを話していた。

「あ、なんで最近、こういう番組ばっかりなんやろうて思ってたら、もうすぐゴールデンウィークなんやね」

「そ、今年は五連休。家でおまえをベタベタ可愛がる予定だから楽しみにしてろ」

「え、友達とどこか行ったりしぃへんの？」

「おまえを置いてどこへ行くんだよ」

呆《あき》れたように笑った雄大は、ふっと真面目《まじめ》な目を朱鷺に向けた。

「そういえば俺、おまえに聞きたいことがあるんだけど。正直に言ってほしいんだ」

「なに？」

「おまえ、旅行……行ったことないと思ってるんだけど。当たってる？」

「えと、旅行…？　個人旅行って意味？」

「そう。でももし行ったことがあるならあるって、正直に言ってほしい。誰《だれ》ととは聞かないから」

「……あ」

ようやく雄大の言葉の意味に気がついた。昔の男と旅行に……、そう、雄大は聞いているのだ。朱鷺は無理に微笑を浮かべたが、やはり頬が引きつっている。それでも穏やかに答えた。

「ううん、ないよ。ホンマに。誰とも旅行したことない。……信じてくれる？」

「あっ、ごめんっ、そう言わせるつもりじゃなかったんだ」

雄大は慌てて朱鷺を抱きしめて、こめかみにキスをして囁《ささや》いた。

「ごめん。本当にごめん。昔のこと聞きたいとかそういうことじゃないんだ、その、どこか行ったことがあるなら、そこは外したいと思ったから」

「えと、外す…って？」

「おまえと、旅行したいと思って」

「……ホンマに!?」

雄大の言ったとおり、昔のことを聞かれると思って緊張していた朱鷺は、その言葉でパッと笑顔を取り戻し、可愛く頬を染めた。

「行くっ、行きたいっ、旅行したいっ、日帰りでもいいから雄大と旅行したいっ」

「日帰りのわけないだろ」

雄大は笑いながら朱鷺を抱きしめた。子供のように目をきらきらさせる朱鷺が本当に可愛い。

「どこに行きたい？　俺としては風情のある旅館でしっとりと、つーのが希望だけど、やっぱ海外がいいか？」

「えっ、い、いいよっ、国内にしようよっ、僕、旅行は初めてなのに、いきなり外国なんて無理やんっ」

「そんなことないよ、新婚旅行で初めて海外に行くってのも、べつにめずらしいことじゃないし」

「……は!?」

聞き捨てならない言葉を聞いた気がする。瞬間的に顔が赤くなってしまったことを自覚しつつ、朱鷺は眉《まゆ》を寄せて雄大を見た。

「い、今、なに言った？ し、し…っ」

「新婚旅行だよ。ちゃんと結婚式もやりたいなら、旅先で二人ですればいいし。そうだ、指輪欲しいか？」

「いい、いらなっ、やらな…っ」

「遠慮しなくていいぞ、高いの買う気ないから」

「ホ、ホンマに、いらへん…っ」

「じゃあ指輪の分、旅行に金かけるか。お互い仕事があるからすぐには行けないけど、それまでプラン立てるのも楽しむとして。その前に住民票だけは移すから」

「え、なに？ え、え？ 住民票…？」

「そう、こっちに移しておまえとの生活、ちゃんとするから」

「……アホ言わんといて！」

今度は本気で朱鷺は怒った。そんなことをしたらどうなるか……、雄大の両親がどう思うか、それを考えるととてもじゃないがそんなことは許せない。肩に回されていた雄大の腕を振りほどいて朱鷺は言った。

「わかってるやろ、雄大は添島工業を継ぐんよ⁉ 次の社長になる人が、なんで添島の家を出るん！」

「なんでもなにも、もうすでに四ヵ月も同居してるんだぞ？ いいかげん、住民票を移してもいい頃だろ？」

「そんなことしたら雄大のご両親がどう思わはるか、…」

「どうって、親には情緒不安定な友達を支えるからってことで、ここに住むことは了承してもらってるし、これからだって、…」

「それは雄大が家に戻るっていう前提があるからやろ⁉ 住民票なんか移したら、もう戻らへんって言うようなもんやんか！」

「そうだよ。もう戻らない」

雄大は静かに答えて、真っすぐに朱鷺を見た。朱鷺が身じろぎもできないほどの真剣な眼《ま》差《な》《ざ》しで雄大は言った。

「俺はおまえを一生、手放すつもりはない。この先ずっと、俺が帰る場所はここだ。添島の家じゃない、おまえのいる場所だ。そのけじめの意味で、住民票を移す」

「な、に、言ってるん……、そんなことしたらめちゃくちゃになる！ 一緒に暮らせるうちは暮らせばいいよ、でも雄大は僕と違うっ、雄大は従業員さんの家族を含めたら、四百人、五百人の生活を守らんとあかん人になんねんよっ!?」

「わかってるよ?」

「わかってへん! 実家にいてなかなか結婚しない若社長っていうんと、結婚しないで男と暮らしてる若社長っていうんじゃ、人の見る目は違うっ、上に立つ立場なら、守らんとあかん人たちを不安にさせたらダメやろ!? 雄大はちゃんと、添島の家におらんと!」

「お説ごもっとも」

雄大はゆっくりと答えて微笑を浮かべた。興奮しすぎて目が潤んでいる朱鷺をじっと見つめ、雄大は言った。

「それじゃあおまえの言うとおり、俺は実家に戻るとする。実家からここにせっせと通って、そのうち俺は親父《おやじ》の跡を継ぐ。ここまではいいか?」

「いいよ」

「よし。俺はめでたく社長になって、ひーひー言いながら会社を回して、順調に歳《とし》を取っていく。三十、四十くらいまではいいだろう。でも四十を過ぎたらさすがに周りが黙っていない。結婚しろ。跡取りを作れと言ってくる。それをおまえはどう思う?」

「当たり前やと思う」

「おい、…」

「まさか雄大、自分の代で会社なくしてもいいとか思ってへんよね? 次へ繋《つな》げんとあかん責任をわかってるよね？　跡取りは絶対必要やってわかってるよね？　奥さん、もらわんとあかんって、わかってるよね⁉」

「……本気で言ってるのか？」

「本気や」

「本当の本気で言ってるのか？　おまえがいるのに、俺に妻を持てと本気で言ってるのか⁉」

「本気や！　雄大だって言うてたやん、四十になったら周りがうるさくなるって！　そうしたらなんて言うつもりなん⁉　僕とのことなんか言えっこないやろ⁉」

「その時は、愛人がいるから結婚はできないって言うつもりだよ」

「せやったら僕を本当に愛人にして！」

叩きつけるように朱鷺は言った。

「愛人て、奥さんがいるから存在できる立場やんっ、僕を愛人て呼ぶつもりなら、本当に奥さんを持って！」

「朱鷺、…」

「そいで子供を作って、跡取りの心配をなくしてよっ、それが一番いい方法やんっ、それで全部丸く収まるやんっ！」

「収まらないよっ、なんにも収まらない！」

雄大も大きな声で言い返した。びくっと身をすくめる朱鷺を見て、しまったと思い、一つ深呼吸をして気持ちを落ち着ける。そうしながら、わかってない、と雄大は思った。朱鷺はなんにもわかっていない。

「朱鷺。おまえ、恋をしたのは俺が初めてだから、わかってないんだ。自分を愛してくれた人間がほかの誰かに目を向けるってことが、どんなに苦しいか、わかってない。だから愛人とか奥さんとか、簡単に言うんだ」

「わかってるよ！　僕は彼女のいた雄大を、三年もずっと見つめるだけやったっ、苦しさはわかってるよ…っ」

「いいや、わかってない。片思いの苦しさなんか、苦しさのうちに入らない」

「ゆ…っ」

「それにおまえの言ってることは、自己満足の塊だ」

「どこがっ⁉　僕は雄大の幸せを考えて、…」

「幸せね」

噛《か》みつきそうな勢いの朱鷺を、じっと見つめて視線で黙らせて、雄大は言った。

「俺が実家に戻って結婚して子供を作る。会社も継ぐし、跡継ぎの心配もなくなる。親父もおふくろも、従業員も安心する。おまえも俺を、男と暮らすホモ社長じゃなく、フツーのマトモな社長にさせることができて、添島工業も安泰で、それが雄大の幸せだから自分は身を引くなんて悲劇のヒロインみたいなこと考えて、満足するんだろ？」

「悲劇のヒロインやなんて、…」

「でもじゃあ、俺の幸せはどうなるんだ？」

「雄大の、幸せって、やから、…」

「会社のためにそこそこ好きな女と結婚して、会社のために子供を作って、会社のために生きろって言うのか？　それが俺の幸せだと言いたいのか？　俺がこの世で一番愛してるのはおまえなんだぞ⁉」

「で、も、でもっ、雄大には責任が、…」

「だからっ」

バンとソファを叩いて雄大は怒鳴った。

「会社は継ぐって言ってるだろ⁉　社が潰《つぶ》れない限り、俺の代になっても社員の生活は守るよ！」

「せやったら後継ぎは、…」

「俺の会社をどう経営して、どう引き継いでいくかは、社長である俺が考えることだ。おまえが口を出すことじゃない」

「……」

はっきりと言われて、朱鷺の胸がつきんと痛んだ。添島工業のことは、経営に責任を持つ者が、添島の家の者だけが口を出せることだ。わかっている。わかっているけれど、どうしようもなく胸が痛んだ。

「……僕じゃ、奥さんになれへんからね」

ぽつりと朱鷺は呟《つぶや》いた。雄大はうんざりしながら、そんなことは、と言いかけたが、朱鷺がぽろりと涙を落としたのを見て言葉を飲みこんだ。朱鷺は自分が泣いていることにも気づいていないように、ボロボロと涙をこぼしながら言った。

「奥さんやったら、一緒に会社のことも考えられるもんね。将来のことを雄大と一緒に心配してもいい立場やもんね。ホンマに、僕が口を出せることとやないよね」

「朱鷺、違う、ごめん、そういう意味じゃ、……」

「やっぱり雄大には奥さんが必要や。仕事の面で支えてくれる人が必要やと思う。そやしちゃんと結婚して。それで僕を愛人にして」

雄大の目を見ながら、ふるえる声ではっきりと朱鷺は言った。内心で溜め息をついた雄大は、今の朱鷺にはなにを言っても無駄だな、と思った。朱鷺は自分の頭で作った『これが雄大の幸せ』という物語に取りつかれているようなものだ。現実をわからせるには、もう少し時間が必要だろう。雄大は朱鷺の涙を拭《ぬぐ》ってやりながら言った。

「……結婚相手がいないよ」

「お見合い、して」

「見合い、してほしいのか」

「うん。してほしい。それで、いい女《ひと》見つけて、結婚して」

「……わかった。おまえがそうしてほしいならする」

そっけなく答えて雄大は立ち上がった。そのまま自室に引きこもり、その夜は二度と朱鷺と顔を合わせなかった。

（…なんも、間違ったこと、言うてへん…）

あの夜のことを思いだして、朱鷺はキュッと唇を噛んだ。間違ってない。雄大の将来は、雄大と自分、二人だけの問題ではないのだ。

（べつに雄大と会えへんくなるわけやない。別れるわけでもない。奥さんになる人には本当に悪いと思うけど、雄大を丸ごと渡すことはできひん……雄大がいなくなったら、僕、死ぬ……。その代わり、奥さんのことはちゃんと立てるから。僕は絶対、表に出ぇへんから……）

だから許して。

雄大になのか、未来の奥さんになのかわからない謝罪を心の中で呟いた時だ。

「これはこれは。どちらの綺麗《きれい》なオニーサンかと思ったら、椎名さんではないですか」

「…っ⁉」

背後からいきなり変なことを言われて、朱鷺はドキーッとしながら振り返り、そして目を見開いた。

「雄大…」

「あい、偶然」

ニヤッと笑った雄大に、朱鷺は笑えばいいのかむすっとすればいいのかわからなくてうつむいた。あの喧嘩以来、雄大との会話はめっきり減っている。お互いの言動について腹を立てての喧嘩ではないから、今この瞬間だって朱鷺は雄大が好きだし、雄大だって朱鷺を好きだと思ってくれていると思う。それでもやっぱり喧嘩をしたことに変わりはないから、以前のようには振る舞えないのだ。

朱鷺は床を見つめたまま、小さな声で言った。

「あの、今日は、早かったんやね…」

「そうか？　もう…八時だぞ。それとももっと遅く帰ってこいって意味？」

「そっ…ういう、意味と、ちゃうよ…」

「冗談」

雄大は微苦笑をして続けた。

「ここんところちょっといろいろあってね、まだしばらく帰りは遅くなると思う。おまえこそ出かけてるなんてめずらしいな。打ち合わせ？」

「あ、うん……、少し、大きい仕事で……」

「じゃあまたおまえの生活時間はメチャクチャになっていくわけだ。顔見ることもなくなるな」

「……」

どうも意地悪なことを言われて朱鷺の顔がたちまち泣きそうに歪《ゆが》む。うつむいているからその表情は見えないが、体を硬くしたことは雄大にわかった。雄大はこっそりと微笑を浮かべると、朱鷺の耳元に口を寄せて囁いた。

「ごめんなさいって言う気になったか？　僕が悪かったですって」

「……僕、は…悪くない…」

「あ、そ」

「……」

それきり、会話は発生しなかった。駅に着いて地下鉄を下りると、雄大が自然と肩を並べてくる。喧嘩してるのにどうして、と朱鷺はうろたえたが、先に走っていくのも、わざと遅く歩くのも子供じみていると思うし、大体自分は悪くないのだから普通にしていればいいんだと言い聞かせ、なんだかぎくしゃくとマンションへの帰路を歩いた。途中で雄大がなんとも自然に言った。

「ちょっとスーパー、寄るから」

「あ、そ、そう」

ここでもまた、先に帰ってしまおうかどうしようかグルグル考えた朱鷺だが、雄大が自然にしているのに自分ばかりツンツンするのも、やっぱり大人げないと思って、黙ってついていく。雄大がてきぱきと買い物カゴに入れていく食材を無意識に目で追いながら、これでいったい、なにができるんだろうと考えてみたりする。そうやって黙ったまま買い物を終え、黙ったままスーパーを出て、黙ったまま歩道を歩き、黙ったままマンションに到着した。やっぱり黙ったままエレベーターに乗りこみ、黙ったまま十階まで昇る。

「……」

狭い箱の中だ。仕方がないのだが、どうしようもなく居心地《いごこち》が悪くて小さな溜め息を洩《も》らすと、雄大がふっと笑った気配がした。ちらりと雄大を見たけれど、雄大は朱鷺に背中を向けて、黙って操作盤を見ているだけだ。

(……こっち、向いて……)

朱鷺はキュッと唇を噛んだ。泣きたい気分だった。

ようやくといった気分で部屋まで戻ってきた。ドアの鍵《かぎ》を開けて玄関に入った朱鷺は、リビングで鳴っている電話の音を聞きつけた。

「あ、電話っ、待って待って、切らんといてっ」

思わずそう口走りながら、靴を放り脱いでダダダとリビングに走った。ひったくる勢いで受話器を取る。

「はい椎名ですっ」

『夜分に恐れ入ります』

返ってきたのは、落ち着いた低めの声だった。女性の声だ。電話が切れなくてよかったと思いつつ、聞いたことのない声に、誰？　と思っていると女性が言った。

『わたくし油科《ゆしな》と申します。添島さんにお取り次ぎをお願いいたします』

「は……い？　あの、え……ゆ、えと、添島さんですね？」

『もうお帰りになっていらっしゃいますでしょうか』

「はい、えと、少々お待ちください……」

朱鷺は軽く混乱した。どうして雄大宛《あ》ての電話が自宅にかかってくるのだろう。雄大の知り合いだったらケータイにかければいいのに。そもそもここの電話番号を、雄大は自分に黙って他人に教えたのだろうか？

（それも、お、女の人……）

ドキドキというかムカムカというかイライラというか、なんともいえないいやな気分がした。振り返ると雄大の姿が見えない。自室で着替えているのだろう。送話口を手で押さえて朱鷺は廊下の向こうに声をかけた。

「雄大っ、電話っ」

「誰〜?」

「あの……、女の人……」

「はぁ⁉ 聞こえない〜」

「あのっ、ユ、ユシナさんていう女の人っ」

「……油科⁉」

名前を聞いたとたん、雄大が部屋から飛びだしてきた。ワイシャツにトランクスに靴下というとんでもない格好だ。そうして朱鷺にありがとうも言わずに受話器を奪うと言った。

「紗絵《さえ》さん⁉ どうしてこっちに電話、ケータイに……えっ、電源切れてる⁉ あ、ごめん、電車乗る時に……いえ、こっちからかけます、一旦切ります、はい」

かしゃんと雄大が受話器を置いた。その姿をじっと見つめていると、視線に気づいたのか、自室へ駆け戻ろうとしていた雄大がふと朱鷺を見た。

「…なに?」

「あ、えと、あの…電話、こっちにかかってくるなんて……」

「こっちの電話番号も教えてあるから」

「あ、そ、そうなん? あの、でも、お、女の人、やったね…」

「…は?」

雄大がキュッと眉を寄せた。それを見た朱鷺は、しまった、よけいなこと言っちゃったと思ってとっさに微笑を浮かべたが、まるで錆《さ》びた歯車を無理にギギギと動かして作ったような微笑だ。とたんに雄大がニヤッと笑った。

「気になるのか？」

「べ、べつにっ」

「見合い相手だよ。おまえがしろって言うから見合いした」

「…え…」

「ちょっと前から付き合ってる。可哀相《かわいそう》だからおまえには言わなかったけど。じゃ、電話かけ直さないといけないから」

「あ……うん……」

雄大はまたバタバタと自室に戻り、ぴったりとドアを閉めてしまった。朱鷺に話を聞かれたくないのだろう。それはそうだ、もちろんそうだ、当たり前だ、お付き合いをしている女性との会話なんだから、人に聞かせることじゃないし……、そう自分を納得させる朱鷺だが、本当はものすごく動揺していた。まさか雄大が本当に見合いをしたなんて。

（ユシナサエさん……綺麗な響きの名前やね。口調も落ち着いてて、いかにも大人の女性って感じやった……）

雄大と付き合っている女性。もしかしたら雄大の妻となるかも知れない女性。このところ雄大の帰りが遅いのは、きっとこの女性と会っているからだろう。

（それでいい。これは僕が望んだことや。雄大には奥さんが必要……）

ゆっくりとうなずいて仕事部屋に引きこもった。心がギュウッと締めつけられるように感じるのは気のせいだと思った。気のせい、気のせい、万事順調、このままいけば全部丸く収まるんだから。つらいはずがない、悲しいはずがない、自分の思ったとおりに事が進んでいるだけなんだから。

しばらくして、晩飯できたと雄大に声をかけられた。朱鷺は自分でもどうしてだかわからないまま、あとで食べると言って、雄大と食卓を囲むことを避けてしまった。雄大もいつものように、今すぐ食えとは言わなかった。深夜に一人で食べたハンバーグは、なんだかなんの味もしなかった。

平気、平気、平気――。

初夏の軽やかな夕暮を、仕事部屋の窓からぼんやりと眺めて朱鷺は心の中で繰り返した。綺麗な指に挟んだタバコをそっと唇に持っていく。せっかくやめていたタバコを、いつのまにか吸うようになっていた。深く煙を吸ってゆっくりと吐きだすと気持ちが落ち着く。ただし、雄大には秘密にしている。

「これくらい、いいやんね」

細く立ち上る煙を見つめて朱鷺は呟いた。雄大が油科紗絵と見合いをし、付き合っているとわかってから、朱鷺は意識して今までどおりに振る舞っている。なにしろ喧嘩は終わったのだ。雄大が見合いをし、女性と付き合うことにした……、つまり、朱鷺の言い分を聞き入れてくれたことで、喧嘩は終わったことになる。それなら今までどおりにするしかない。

普通に雄大と話して。

普通に笑って。

普通に雄大のそばにいる。

「平気、平気。僕は雄大が好きやし、雄大も僕が……好き……」

大丈夫、と朱鷺は無理に微笑を浮かべた。雄大はちゃんと、朱鷺と油科紗絵、二人とも同じだけ大事にしてくれている。この部屋に雄大がいる間は、雄大は朱鷺に向かってだけ、好きだと、愛していると、囁いてくれる。抱きしめてくれる。キスもしてくれる。

「ゴールデンウィークだって……紗絵さんと僕と、半分ずつ構ってくれたし……」

五日間のゴールデンウィーク中、水・木・金は紗絵のために出かけていった。

『紗絵さんとデートだから。でも夜には帰ってくるよ』

言葉どおりに、雄大はちゃんと夕方には帰ってきて、いつものように夕食を作って、朱鷺に食べさせてくれた。残りの土・日は丸々朱鷺のために使ってくれた。夜だけじゃない、昼間だって雄大を独り占めできた。

「好きやってたくさん言ってくれた……、でも紗絵さんにも言うてるんよね」

呟いて、朱鷺は薄く笑った。だけど「愛してる」は僕にしか言うてへんはずやと朱鷺は思う。まだ、僕にしか言うてへんはずやと。

「雄大はいつも僕を抱きしめて、たくさんキスをしてくれて、それから愛してるって言ってくれる。愛してる、愛してるって言いながら、僕の体をあちこちさわって……」

パジャマの上から朱鷺の体に火をつけていく。口づけで、囁きで、手指の動きで朱鷺を服従させていく。朱鷺が雄大だけしか見えず、雄大のことしか考えられなくなると、ようやく朱鷺の肌をあらわにしていくのだ。

『肌が染まり始めてる』

含み笑いでそう言って、朱鷺の素肌に直接いたずらを仕掛けてくる。朱鷺の弱い部分をしつこく、それなのにからかい程度にいじめ続ける。

『もっと熱くなれよ朱鷺。名前のとおりにこの肌を染め上げろ』

息を上げ、甘いあえぎを洩らし、じりじりとあぶられるような快感に身もだえる朱鷺をじっと眺め下ろし、朱鷺が羞恥《しゅうち》を捨て、支配されることを望むまで、じっくりと時間をかけて朱鷺を堕《お》としていくのだ。

『ほら朱鷺、どうしてほしいんだ。言えよ』

色っぽく囁かれ、追い詰められ、朱鷺はとうとう崩れてしまう。抱いてと言ってしまう。懇願してしまう。雄大は満足そうに目を細めると、瀕死《ひんし》の獲物にとどめを刺すように、ゆっくりとのしかかってくるのだ。

「ゆ、だい……」

五日前の濃い情交が肌によみがえってくる。あの夜、何度雄大に愛されただろう。熱くて激しい、雄大にすがりついていることしかできなかったほど、深い快楽に突き落とされた。

雄大のセックス。

「僕だけや……、僕だけを雄大は抱く……」

うっとりと朱鷺は笑った。雄大は紗絵とそうした関係をまだ持っていないという確信があった。紗絵と付き合い始めてからも、雄大は一回も外泊をしたことはない。昼間、紗絵とのデートに出かけていても、女の匂《にお》いをつけて帰ってきたりはしない。獣のような雄大を知っているのは自分だけだという優越感に、朱鷺はほほえみ、そしてハッとした。

「ダ、メやん…、なに考えてるん僕……雄大は、僕だけのものやないのに……」

紗絵と結婚し、紗絵の夫となり、紗絵との間に子供を儲《もう》けるのだ。朱鷺はそれを祝福しなければならない。それが、朱鷺の希望だからだ。

「紗絵さんに変な気持ち持ったらダメや……雄大を独り占めしたいなんて、思ったらダメや……雄大は僕と紗絵さん、二人とも大切にしてくれてるやない。それでいいんやから」

けれど、雄大が紗絵を抱いていないという事実に、朱鷺はほくそ笑みを隠せなかった。指先に熱を感じた。我にかえり、朱鷺は慌てて短くなったタバコを灰皿に押しつけた。

「あー、もう五時半。窓開けへんと、雄大にタバコ、気づかれる」

朱鷺は家中の窓を開け、台所の換気扇まで回して、念入りに部屋の換気をした。

その日、雄大はめずらしく六時過ぎに帰ってきた。紗絵と交際を始めてから、初めての早い帰りだ。朱鷺は無意識に嬉《うれ》しい笑顔を浮かべて雄大にまとわりついた。

「お帰りなさい、早かったね、早かったね」

「そんな毎日残業ばっかしないよ。ここんとこ休みナシだしさぁ〜」

「え、…休みナシ…？」

「あ……、だから、土日もデートでね」

「あ、う、うん…」

朱鷺はぎこちなく笑った。そんな朱鷺を見るたびに、雄大は苦笑をして朱鷺を抱きしめて優しいキスをする。キスの間、朱鷺は雄大のシャツを握りしめて、嬉しいのに泣きたい気分になる。理由はわかっている。雄大はもう、自分だけの雄大ではないということ。

(平気、平気。ちゃんと愛されてるもん……)

だからすがりついたらダメだ。雄大が結婚したら、月に一回、来てくれるかどうかなのに。それも夕方には「帰って」いくはずだ。奥さんの待つ家へ。

（今、こんなに幸せなんやから、寂しいなんて言うたらダメや）

そう思い、朱鷺はそっと雄大から体を離した。

「えと、今日の夜ごはん、なに？」

「カニ玉。あとクズ野菜一気処分のチャーハンと味噌汁。おまえ、京風味噌汁で中華食う勇気ある？」

「え、普通やろ？」

「う…、ん、普通だ」

雄大は明らかに笑いをこらえる表情をしている。朱鷺は、なにか変なこと言うた？　と眉を寄せて、逃げるように自室に引き返していった雄大を見送った。一時間後には京風味噌汁アンド中華が食卓に並び、朱鷺はうきうきとテーブルについた。とにかく雄大が早く帰ってきてくれて嬉しいのだ。

「いただきます。…あ、これ、お母さんが送ってくれたお麩《ふ》？」

そうっと味噌汁を飲んだ朱鷺が、プカリと浮いている麩を見てほほえんだ。雄大もズズッと味噌汁を飲んで答える。

「そう。たくさん送ってもらったから、今度トンカツ作ってやるよ。衣に麩を使うと、ぱりぱりで超旨《うま》いトンカツができるんだ」

「うん、食べたい！　約束やね、約束やからね」

「なんか小さい約束だな」

雄大がおかしそうに笑った時、食卓の上で雄大のケータイが振動した。素早くケータイを手に取った雄大から視線を外し、朱鷺は気づかれないように溜め息をついた。紗絵と交際をしていると朱鷺に打ち明けた時から、雄大は片時もケータイを手放さなくなった。こうして、食事の最中もケータイを手にする。

（前は、食事は会話も楽しむもんだって言って、テレビつけてても怒る人やったのに……）

雄大は変わっていく。こうして少しずつ変わっていく。朱鷺との時間が紗絵との時間に取って代わるように。でもそれは、朱鷺自身が望んだことだ。朱鷺が義務のようにチャーハンを口に運んでいると、食卓にカタリとケータイが置かれた。どうやらメールだったようだ。

朱鷺はなんとなくうつむいたまま雄大に言った。

「メール、…返事しんくていいん？　さ、紗絵さんからや、ないん？」

「いや、ただのDM。紗絵さんはメールなんか送ってこないよ。いつも電話。用のある時だけね」

「そ、そうなん…」

用ってなに、用ってなに、用ってなに？　言葉が頭の中をグルグルと回る。朱鷺はちらりとケータイに目をやり、ずっと聞きたくて聞けなかったことを、ようやく口にした。

「あの…、さ、紗絵さんて、どんな人…？」

「ん？　外見？」

「えと、あの…、人柄、とかも…」

「んー、まずミスをしない人だな。記憶力は悪魔並みによくて、無駄なことは一切しないけど、必要と思ったものはゴミの集積場からでも拾ってくるような人。俺は車の運転したり、社の屋上で空を見ながら考え事をするタイプだけど、紗絵さんは机に座って、一点を凝視しながら考え事をするタイプ。だからきっと俺にイライラすることも多いと思うよ。なにをぼんやりしているのかしらって」

「へ、へぇ…。あの、綺麗、な人…？」

「綺麗というか凜々《りり》しいね。おまえとは真逆って感じ？　いかにも大人の女って感じで、酔っても乱れることはないけど色気が爆出する。なんで今まで決まった男がいなかったのか、不思議だよ」

「え…、の、飲みにいったり、するん？」

「そりゃするよ。……親睦《しんぼく》を深めに」

「あっ、うん…っ」

　意味深長な雄大の言葉に、朱鷺は慌ててカニ玉を口に押しこんだ。涙があふれそうだった。つらい。苦しい。雄大がこんなふうに誰かのことを話すのが、ものすごくつらい。雄大に妻を持たせ、自分は愛人になると決めた時から、こうなることはわかっていた。わかっていたのに、こんなに苦しいなんて。知らなかった。全然、ちっとも、わかってなかった。

（雄大の言ったとおりやった…、片思いの苦しさなんか、苦しさのうちに入らへん……っ）

自分が愛している男の目が、自分を愛してくれる男の目が、雄大の目が、一瞬でも他人に向けられるなんて耐えられない。雄大の体も心もその愛も、全部自分だけのものだ……！

心が凍りつくような、体を燃やされるような、激しい感情が体の中から噴きだすのを朱鷺は感じた。初めて覚える感情だった。これは、嫉妬《しっと》だ。愛されることを知ってしまったがゆえの、真実醜い、真実激しい、嫉妬。

（ダメ、ダメ…ッ、こうなるように望んだのは僕なんやから…っ）

雄大のために。添島工業のために。

「み、水…っ」

朱鷺はガタッと椅子《いす》を立って台所に逃げこんだ。号泣してしまいそうだった。

水と一緒にこぼれ落ちそうだった涙を飲み下していると、また雄大のケータイが振動する音が聞こえた。ギクリとして雄大に目を向けると、雄大がケータイに向かって答えるところだった。

「紗絵さん？　電話待ってた……いや、食事中だけど構わない…うん…うん…親父は？

…うん……」

話す雄大がふっと朱鷺に顔を向けてきた。ぶつかった視線を外すこともできなくて、朱鷺

は紗絵と話す雄大を見つめた。食事中なのに、構わないと言って話し続ける雄大。紗絵だから？　相手が紗絵だから？　体が固まってしまったように朱鷺は動けない。微笑も作れない。真っ白な顔でただ雄大を見つめていると、雄大はそれまでの真剣な表情を崩して、ふいにニヤリと笑った。なにか楽しいことを話しているのだろうか？　そう思うと胸が締めつけられたように苦しくなった。

「……うん、わかりました。はい、じゃあ。ごめん、そっちから切ってくれる？　……うん、すぐ行く。じゃああとでね」

朱鷺を見つめたまま、パクンと雄大はケータイを閉じた。そして言った。

「ほら朱鷺、メシを食え。冷めるぞ」

「ど……」

朱鷺の声はかすれていた。こくんと唾《つば》を飲みこんで、朱鷺は聞いた。

「どこか、行くん……？」

「これから紗絵さんと会う。たぶん今夜は帰らない」

「そ、れ…って…」

「ほら、メシを食え。片づけてから行くから」

「あ……、ううん、あの……僕、あとで食べる…から、雄大は、行って、ええよ……」

「そうか？」

「うん。紗絵さん、待たせたら、悪いから」

そう言って、深呼吸をして、朱鷺は綺麗な微笑を浮かべた。行って、行って、早く行って。なんでもない振りができるうちに行って。すがりついて引きとめる前に行って。そんな思いが届いたのか、雄大がゆっくりと立ち上がった。

「じゃ、お言葉に甘えて、行ってきます。いいか、メシはちゃんと食えよ？　食わなかったら、泣いて謝っても許さないぞ」

「うん、食べるよ。雄大の分まで食べちゃうかも」

「よし」

うなずいた雄大がダイニングを出ていく。ひたひたと廊下を歩く音、それから玄関で靴を履く音、ドアが開き……閉まる音。台所でそれらの音を聞きながら、朱鷺は唇をふるわせた。涙がこぼれて落ちた。雄大は行ってしまった。紗絵のもとへ。今夜は帰らない。紗絵を、抱くのだ。

「……っ」

ガクンと膝《ひざ》から崩れた。足に力が入らない、体に力が入らない。台所の床にへたりこみ、ボロボロと涙をこぼした。誰もいないのに両手の平で口を押さえ、声を殺して朱鷺は泣いた。

「ふっ…う…っ……、ひぃ…っく、ひ…っ」

どんなに声を出すまいと思っても、呼吸のたびに喉《のど》がひきつれたような声が洩れてしまう。

息ができなくて苦しい。苦しい……苦しい。こんなに苦しいなんて知らなかった。愛している男を、ほかの誰かと共有するなんてできるはずがなかった。独り占めしていた愛を、たとえひとかけらでも誰かに分けるなんてできっこなかった。愛はそんなに簡単なものじゃない。

「い、やっ……ゆ、だいっ、いや……っいや、行かんと……て……っ、行かんとい、て、雄大……っ、ゆ、だ……っ」

雄大を自分だけのものにしておけるなら、なんでもする。自分の両親、雄大の両親になにを言われても構わない。罵《のの》りも誹《そし》りも受けとめる。できることはなんでもする、できないことだってやってみせる。でも雄大だけは渡せない。

「いや、や、雄大、行かんといて……っ、いや……っ……いや、いやっ、ゆうだ……っ、行かんといて……っ」

「行かないよ」

「……っ⁉」

いるはずのない人の声がして、朱鷺はビクリと顔を上げた。

「ゆ、だい……？」

「そう、俺。メシを食えと言っただろ？」

台所の入り口に立って、雄大が微苦笑を浮かべていた。涙と鼻水で見事にグチャグチャになった朱鷺の顔を見て、あーあーと言いながらティッシュを引きぬいてくる。朱鷺の隣にしやがみこみ、幼児にするように朱鷺の顔を拭ってやった。

「写真に撮っておきたいくらい、すごい顔だぞ」

「えっ、なっ、えっ⁉ い、行かへんって、え…⁉」

「ドアを開けて閉めるだけ。出ていく振りの常套《じょうとう》手段」

「ふ、振り⁉ 振りって、でも、さっき、電話で…っ」

「すぐ行くって言ったことか？ あれは向こうに電話切ってもらって、不通になったケータイに向かって言っただけ。いわば独り言」

「な、なん、なんでそんな…っ」

「ちょっとさあ、こんなところでしゃがんで話さなくてもいいよな」

「あ…っ」

雄大にひょいと抱き上げられた。そのままソファに運ばれて、雄大の膝の上に横抱きにされる。深く胸に抱きこまれて、頭より先に体が反応して、朱鷺は雄大にすがりついた。

「雄大っ、雄大、雄大…っ」

「はいはい、俺だよ。あー、よしよし、泣くなよ」

「い、行かんといてっ、どこにも行かんといて…っ」

「だから行きませんって。おまえはもう、俺の予想以上に崩れたな」

雄大は苦笑をして、腕の中で体をふるわせて泣く朱鷺に言った。

「今でも愛人になりたいって思ってるか？」

「……っ」

朱鷺ははっきりと頭を横に振った。もっと涙があふれてきて、雄大のシャツを汚してしまうと思いながら、でも涙を止められなくて、朱鷺は泣きながら答えた。

「いや…、いやっ、雄大を、誰にもっ、渡したくない…っ、僕っ、だけの…っ、ゆ、だいで、いて…っ」

「自分がどれだけバカなこと言ったか、わかったか？」

「うんっ、うん…っ」

「まったく。未来の奥さんと僕で雄大を半分こ、なんて、どの口が言うんだと思ってひっぱたきたくなったぞ」

「ごめ、なさい…っ」

「ま、愛知らずな朱鷺ちゃんだから、しょうがないなとは思ったけど」

雄大は苦笑して、泣いて汗ばんでしまっている朱鷺の髪を優しく梳《す》いた。

「やっとわかったな？　愛は頭じゃなくて心に宿るんだ。だから思うようにはいかないし、嘘《うそ》もつけない。頭では俺を半分こできると思ってても、いざ半分にするとなったら、百分の一だって分けたくなかったろ？」

「ん…」

「だけど、こういうのは言ってもわかんないだろうし、何度も喧嘩するよりは、この際サクッと教えちゃおうかと思ってさ。愛の苦さと醜さを経験すれば、覚悟も決まると思って」

「……なに？」

「見合いしたなんて嘘。紗絵さんと付き合ってるなんて嘘。デートしたってのも嘘。ぜぇーんぶ真っ赤な大嘘ぉ～」

「……嘘っ!?」

涙で濡《ぬ》れた朱鷺の目が丸くなり、ついでにぽやっと口も開いた。雄大の思う様ガッツリと騙《だま》されていたのだと知った朱鷺は、それでもまだ信じられなくて、ぱしぱしと目をしばたたきながら雄大のシャツを握りしめた。

「でも、でもっ、本当に紗絵さんから電話かかってきたしっ、僕、出たし…っ」

「そりゃだって紗絵さんは実在してるし。俺の秘書だよ」

「秘書!?　雄大の!?」

「中小企業の社長の息子で平社員つー立場は、むちゃくちゃ仕事が多いんだよ。上から下まで、全部署、全仕事に手を突っこんで、さらに俺は社長の運転手までしなくちゃなんない。だからどうしてもアシストしてくれる人が必要になる。それが紗絵さん」

「そ、そんな…」

「俺、ずっと帰りが遅いだろ？　あれはデートじゃなく、仕事。土日も出社、ゴールデンウィーク前半も出社してた。ちょっと今、会社でごたごたしててね。長年の取引先との契約に、新興企業が割りこんできまして。そこと静かな戦争しているわけ」

「そ、そやから、紗絵さんから、たくさん電話…」

「そう。ここにかけてきたのも急を要する大事な用件だったから、親父にここの電話番号聞いてかけてきた次第。息子として、親には居候先の住所や電話番号は教えてあるからね。でもおまえ」

ふいに雄大がいやらしい笑いを浮かべた。なに？　とちょっと緊張した朱鷺に、ククと笑って雄大は言った。

「女の人から電話、なんて変な言い方してさ〜。おまけに顔中に、その人なに？　どういう関係？　て書いてあるみたいな表情で」

「えっ、だって…っ」

「こりゃ紗絵さん、社の名前出してないなと思ってさ、おまえを騙すのに利用させてもらったわけ〜」

「……っ」

朱鷺はもう、なにを言えばいいのかわからない。恥ずかしがるべきなのか、怒るべきなのか、それすらもわからなくて、でも見事に騙されていたことはわかるから、ただただ顔を赤くした。雄大は、とにかくもう可愛いとしか言いようのない朱鷺をギュッと抱いて、深い声で言った。

「もう俺から離れられないってわかったな？」

「うん…」

「どんなことがあっても、俺を誰にも渡せないってわかったな？　誰になにを言われたって、俺のそばにいるんだって覚悟はできたな？」

「うん。大丈夫」

「本当だな？　十年後に、後継ぎがとか、またギャンギャン言わないな？」

「言わへん。だって雄大、言うてたやん。会社をどう引き継いでいくかは、社長の雄大が考えることとやって。そやし僕、心配はすると思うけど、口は出さへん」

「それでいい。おまえは俺のことだけ考えてろ。愛を一番に考えない人間は、醜いことを考えるようになる。俺はおまえをそんな人間にはしたくないから」

朱鷺は黙ってうなずいた。その醜いことを自分は知っている。紗絵に抱いた、暗く冷たく激しい、嫉妬の心。そんな感情を雄大は朱鷺に教えたくなかったことも、でも教えなくてはならなかったことも、今ならわかる。本当につらかったのは、雄大のほうだったことも。

「いいな？　俺のことだけ考えてろ。あとは全部、俺に任せておけ」

「……うん」

自信のうかがえる声と言葉。任せておけと言いきる雄大は、同い歳なのに頼りがいがあって、こんな雄大に愛されて、朱鷺は幸せで心がキュッとなった。雄大さえいればなにも心配することはないと思った。自分が世間知らずだということは百も承知している。この先なにかがあった時、きっと雄大におんぶに抱っこの状況になると思う。それでも、雄大が疲れた時は、枕《まくら》になって雄大を休ませてあげられる。それくらいしかできないけれど、それでいいと雄大が言っているのだ。だったらもうなにも、言うことはない。

「雄大、雄大、好き…、あ、愛してる…」

「お、初めて自分から愛してるって言ったな」

「雄大……」

「ん…?」

そうして初めて自分からキスをした。子供のキスじゃない。ちゃんと、恋人のキスを。初めて自分から雄大の口の中に舌を差し入れて、初めて自分から舌を絡めた。いつも雄大がするように、恐る恐るそうっと口中を舐《な》めてみた。雄大がふっと笑った…と思った時には、きつく舌を吸われていた。驚いた朱鷺が唇を離そうとしたが、すでに雄大にしっかりと抱きしめられていて、今度は逆に、いや、いつものように、キスで体に火をつけられた。

「ん……、ん、ん……」

じっくりと口の中を舐め回されて、舌先でくすぐられると、じん…と体の奥がうずく。朱鷺は知っている。雄大を欲しがるそこが、目を覚ましたのだ。

「ん……ゆ、だい……」

「キス、うまくなったな」

「そっ、そ、そ、そう…!?」

「うん。でも一所懸命で真剣で集中しちゃうところはまだまだだ。キスなんか、おまえのしたいようにすればいいんだよ。舐めてほしかったら、舌を絡めて俺を誘えばいい」

「……っ」

「もうこのへん、感じてんだろ?」

「あ…っ」

するりと腰を撫《な》でられて、朱鷺は真っ赤になった顔を伏せた。雄大の言うことはいつも当たっていて、当たっているだけに恥ずかしい。雄大は忍び笑いを洩らすと、あらわになった朱鷺の首筋に顔を埋め、唇を押しあてて、朱鷺をゾクゾクさせながら言った。

「死ぬほど可愛がってやるから、その代わりおまえ、タバコやめろ」

「…っ、す、吸ってへんよっ」

「嘘つけ。部屋の空気入れ替えてるから大丈夫と思ってんだろうけど、髪や服に匂いが染みついてるんだよ」

「…っ!!」

「毎日おまえを抱きしめてる俺にバレないと本気で思ってたのか? タバコだけじゃない。

自分じゃ気づいてないみたいだけど、食欲も激減してる。体重、三、四キロ軽くなってるはずだぞ」

「え…？」

あっ、と朱鷺が思った時には雄大に抱き上げられていた。思わず雄大の首に腕を回した朱鷺に、雄大は手量りをするように、わざと朱鷺の体を揺すりながらうなずいた。

「ほらな、軽くなってる。だからちゃんとメシを食えと言ってるんだよ」

「あの、えと…っ」

「俺に女ができたと騙したとたん、こうだもんな。ホントおまえはわかりやすいっつーか、見てて楽しいっつーか、だから放っておけないっつーか」

「ゆ、だい…あの、下ろして…」

「いいよ。では念願のソファで」

「…えっ⁉」

ひょい、くるん、すとん、という感じで下ろされたそこは雄大の膝の上だ。向き合っていないのが幸いだが、しかしいくら放っておけないからといって、子供抱きするくらい子供扱いされるのは恥ずかしすぎる。背後からギュウッと抱きしめられた朱鷺は、耳まで熱くしながらモゾモゾと身じろぎした。

「あの、雄大…あの、下ろし…あ…っ」

チュッと首筋を吸われてゾクッと感じた朱鷺は、そこでハッとした。『では念願のソファで』と雄大は言った。まさか、まさか…！

「雄大っ、今、ここで、なんて、しぃへんよね…⁉」

「するよ〜？　ソファで押し倒すと、おまえいっつも、仕事って言って逃げるだろ。どうしても一回、ここでおまえを泣かせたいわけ」

「あのっ、今夜もっ、し、仕事あるからっ、は、離してっ」

「そうは問屋がおろし大根〜」

「待っ…、あ…っ」

いきなり股間《こかん》を握られて、とっさに体を屈《かが》めたら、狙《ねら》っていたように首に歯を立てられた。そのまま舐め上げられれば、もう体をふるわせることしかできない。耳朶《じだ》を噛まれ、耳の穴に舌を差しこまれ、ふうっと息を吹きこまれると、半身が粟立《あわだ》った。

「あ、あっあ…」

シャツの上から体を撫でられる。雄大の手が胸のあたりを撫で上げ、撫で下ろしていくたびに、そこにある突起が硬くとがっていくのが自分でわかった。恥ずかしい、と思った瞬間、雄大の指にそこをつままれた。

「…あっ」

「うん。イイ感じだ」

艶《つや》っぽい声で囁かれて、朱鷺は黙ってかぶりを振った。シャツの上からいじられるのがものすごく恥ずかしい。雄大の手をそっと摑《つか》んで、やめてと意思表示をすると、耳元でふっと笑った雄大がするりと下に手を伸ばした。ジーンズの上からことさらにいやらしく腿《もも》を撫でられる。もどかしい刺激に身をよじったら、感じ始めているそこをふいに握りこまれた。

「あ、あ…っ」

とっさに足を閉じようとしたが、雄大の膝にはばまれてそれもできない。そのままこねるようにされて、体の奥がズクズクと溶けていく感じがした。

「ゆ、ゆ…だい…」

「ん？　直接さわってほしいか？　それともこのまま、キツくて痛くなるくらいいじめてほしいか？」

「や、や…、いじめ、んといて…」

「じゃあさわってほしいんだな？　ん？　どうなんだ、言えよ、ほら」

「あっあ…っ、さ…さわ、て…」

「どこを？」

「…っ」

意地悪なことを聞かれて朱鷺は顔を伏せた。そんなこと、言えるわけがない。そして雄大も、朱鷺が答えられないことを知っているのだ。ジーンズの上から朱鷺のそこをいやらしく揉《も》んで、朱鷺の呼吸を上げながら、もう片手で朱鷺のシャツのボタンを外した。

「あ、あ、あ…」

腹から喉元へと素肌を撫で上げて朱鷺をあえがせ、肩からするりとシャツを滑り落とした。ほんのりと薄紅色に染まった肌があらわになって、うなじから肩にかけてのたおやかなラインが雄大を興奮させた。思わず肩口に歯を立てると、それだけで朱鷺は感じて声をあげる。

「あっ、や…っ」

「ホントとんでもない体だよな。わかってるか？　綺麗で、エロくて、見るだけで興奮する」

「あ…あ…ゆ、だい…」

「ほらここも。やらしい色になってとがってる。こうしてほしいんだろ？」

「あっ…あっあっぁっ」

ギュッと強くつままれた胸を、次には指の腹で優しく撫でられると、朱鷺はたまらなく感じてしまう。その快感が、雄大の手でいじめられ続けている下腹に流れこんで、さらに朱鷺を甘く苦しめた。朱鷺はふるえる手で雄大の腕を掴み、あえいだ。

「ゆうだ…お願、い…」

「ん？　なに？」

「べ…ベッド、行こう…」

「もうキツくて我慢できないか。ん？」

ジーンズごしでも十分に熟れているとわかる朱鷺のそこを、雄大はギュッと握った。喉が引きつるような声をあげた朱鷺に、雄大は忍び笑いを洩らしてジーンズのボタンを外し、わざとゆっくりファスナーを下げて朱鷺を羞恥させた。

「朱鷺、ちょっと腰上げて」

「いや…」

「脱がせづらいんだって。腰上げろ」

「いやや…ベッド、行く…」

「んー…」

泣きそうな朱鷺の声を聞いて、雄大は少し考えて、ニィッと笑った。

「布団に行ったらエロいことさせてくれる？」

「え…、え、え？　い、今も、やらしい、よ…」

「だから、もっとエロいこと。させてくれるなら布団に運んでやる」

「ど、どれくらい、やらしいの…、あのえとっ、こ、ここでするのと、どう違う…っ」

「この間、いいもの買ってきたから、それ試したい。さっ、布団行こうか」

「い、いいものってなに!?　あっ、いやや待ってっ、ぼ、僕、フツーのエッチが…っ」

訴えてみるが雄大は聞いてもくれない。ひょいと抱き上げられてのしのしと雄大の部屋に運ばれ、部屋の真ん中に敷いてある布団に転がされた。あらがう朱鷺の動作も巧みに利用しながら、パパッと朱鷺を全裸に剝《む》いた雄大は、そこでいきなり部屋の明かりをつけた。

「…やっ」

案の定、逃げようとしていた朱鷺は、昂《たか》ぶっている体を見られるのが恥ずかしくて、自分から布団にもぐりこんでしまう。雄大はフフンと笑った。朱鷺の考えること、やりそうなことはお見通しなのだ。そうやって、明るさで朱鷺を布団に閉じこめて、雄大はゆっくりと服を脱いでいった。

布団をかぶって丸まっている朱鷺は、雄大が服を脱ぐ気配や歩く気配を感じながら、ものすごくドキドキしていた。雄大になにをされるかわからなくて怖い気持ちはあるが、でもいやではなかった。もちろん楽しみにしているわけではないが、一方で期待する自分もいるのだ。僕のほうがエロい…、と一人で顔を赤くしていると、いきなり、情け容赦なく毛布を剝《は》がされた。

「あ…っ」

「おー。人の形をした素甘みたいだな。肌、綺麗な色に染まってる」

「や…、も、毛布っ」

「隠すことない。こんな綺麗なのになんで恥ずかしがるのかな。もっと見せろよ……、前も」

「いやや、雄大…っ」

グイッと足首をひっぱられた朱鷺は、それにあらがってギュウッと体を丸くした。甲羅に引きこもった亀《かめ》そっくりだ。雄大はニヤニヤと笑いながら言った。

「ホントおまえは、俺の思ったとおりに行動するよな。扱いやすいっつーか可愛いっつーか」

「え、……あっあっ、いやっ、なに…っ」

ふいに後ろに冷たいものを塗られて、朱鷺は驚いてビクッと体を起こそうとした。けれどもう、しっかりとのしかかって押さえつけている雄大のせいで、身じろぎもままならない。ただ一点、無防備にさらけだされたそこに、雄大はヌルヌルとなにかを塗っていく。

「ゆ、だいっ、なにっ、いや…っ」

「ただのエッチ用のゼリーだよ。使ったことないだろ？　だからどんなもんかと思って」

「あ、あ…あっ、やだっ、なんで…っ」

「やだってことはないだろ？　どう考えたってこれ使ったほうがおまえは楽だぞ。俺はエロの探求には熱心だから、前から買おうと思ってたんだ」

「い…ぁっ…やっ」

「お、ヌルッと入るな。やっぱりこれ使ったほうがおまえが楽だ。ほら、ちょっと拡《ひろ》げただけで二本目が入るぞ」

「あ、あ、あ…」

雄大は指を出し入れしながらゼリーを足していく。体の中がひやりとして、それが体温と同化していく感覚に朱鷺が肌をふるわせると、雄大の忍び笑いが聞こえた。

「眺めもいやらしくて俺好み。なんで濡れるとエロさが倍増するんだろうな」

「いや…、見ん、で…っ」

「じゃあ音聞くか？　ほら、いつもはこんなエロい音しないだろ」

「……っ」

雄大が無造作に指を動かすたびに、いやらしい音がする。粘つく液体でたっぷりと濡れた肉の間を、指が出入りする音……それ以外のどんな音でもない。自分のそこがどんなふうになって、どんなふうに雄大の指をくわえているのか、まざまざと頭に浮かんでしまう。死にたくなるほど恥ずかしくて、朱鷺はギュウゥッとシーツを握りしめた。

「ゆうだ…お願、い…、見んといて…っ」

「でも可愛いよ。綺麗だし。おまえはホント、こんなとこまで綺麗なんだよな」

「いや…っ、み、見ん…で…っ、お願…っ」

「いいから、おまえは感じてろ。もう一本、入れるぞ」

「ぁあっあっ」

束ねた指がぬるりと入ってくる。そのまま内側でグルッと指を回されると、感じてたまらなくてキュッと締めつけてしまう。雄大が笑った気配がして、その様子も見られているのだと知って、朱鷺は羞恥で涙をこぼした。

「お、お願…っ、も、もう、雄大、入れて…っ」

「俺が欲しいって言うより、見られたくないんだろ?」

「お願い、お願い、やから…っ、雄大、お願いっ、入れ、て……入れて…っ」

「おまえ、体がグズグズになると声もエロくなる。知ってた? ほら、もっとイイ声聞かせてみな」

「ああ、あ、あ…ぁんっんぅ…っ」

「男として攻めがいがある。よし、いいだろ。中までたっぷり濡らしたぞ。いつもとどっちがイイか、食い比べろ」

「あっ」

指を引きぬいた雄大は、するりと朱鷺の後ろに回り、腰を高く上げさせた。腿を掴んで足を開き、受け入れる態勢をがっちりと取らせる。シーツに頬をつけたままの朱鷺は、それだけで期待に体をふるわせた。可愛いよなぁと雄大は色っぽく笑い、すっかりとろけて雄大を待ちわびるそこへ、硬くなった自分自身を押しあてて、じわりと犯していった。

「あ…あ…っ、あっ」

いつもとまったく違う感覚に、朱鷺は無意識に声をあげた。雄大が言ったとおり、奥まで十分に濡れているのだろう。中をぬるりとこすられる刺激は今まで知らなかった甘さで、ただただ朱鷺に快感を与えた。

「あ、あ…、ゆ、だいっ、雄大っ」

「そんな感じる？　まだ入れただけだぞ。……ほら、どうだ？」

「あっんっ…んっんっ…んんっ」

弛《ゆる》く大きく腰を使われて、朱鷺はたまらずに雄大を締めつけた。けれどゼリーのぬめりで雄大を止めることができない。それどころか締めれば締めるほど、自分に快楽が跳ね返ってくる。雄大が腰を引くと、それを追うように尻《しり》を突きだしてしまう。止めようがなかった。

「は、ぁ…あっ雄大…雄大っ、ゆ…っ」

「いきなりこんな乱れますか。ゼリーって素晴らしいな」

「あっ、や…っ、あっあっ」

雄大は余裕たっぷりで朱鷺を攻め続ける。初めて味わう快感を夢中で追いかけていた朱鷺も、少しずつその悦楽に馴《な》れていった。雄大の動きに合わせて甘い声をあげ、時たま思いだしたように雄大を締めつける。十分に楽しんでいる様子の朱鷺を満足そうに見下ろしていた雄大は、そろそろ泣かせちゃいますかと目を細めた。単調なリズムで朱鷺を突き上げながらもゼリーを足し、自分自身を使ってさらに朱鷺の中を濡らす。そこをぐしょぐしょのヌルヌルにしてほくそ笑むと、雄大は腰の動きを止めて、ふいに朱鷺の前を握った。

「ぁ…っ」

感じきっていたそこに直接の刺激を受けて、朱鷺の体がビクンと跳ねた。そのまま弛くこすられる。

「あ……あ……ぁ……」

感覚がそこに集中していく。ヌルい快感をだらだらと与え続けられると、体がもっと強い刺激を求めてしまう。もっとねだるように雄大を締めつけてしまう。もっと強くしてと訴えるように腰を揺すってしまう。

「ゆ、ゆ……だい、……あ、もっと……」

口走った朱鷺に応《こた》えるように雄大が手の動きを早めた。そうされると腰の奥で熱いものがどろりとあふれたように感じ、そこからうずきが……広がる。こうなるともう止まらなくなる。もっともっと欲しくなる。このまま一気に追い上げてほしくなる。

「あ、い…っ、い、い…っ、雄大、もっと…もっと、して…っ」

こっちも、と朱鷺は雄大を締めつけた。こっちも欲しい、動いてほしい、中をこすって。早くめちゃくちゃにして。……焦《じ》れた体を身もだえさせると、そろりと伸びてきた雄大の左手が朱鷺の根元をじわりと握りしめた。鈍い痛みに朱鷺が喉声で不満を訴えると、その不満をまぎらわせるように雄大が再び腰を使い始めた。

「あ、あ…あっ」

欲しかった刺激を与えられて、体の熱が一気に高まった。雄大はもう焦らすようなまねはしなかった。朱鷺が欲しいように、欲しい場所をこすり、深く、突き入れてくる。

「あぁ、あ、あ、あっ……イクッ、も、イク……ッ、イ、ク…ッ」

体がふるえた。無意識に膝を閉じようとして、足に力が入る。同時に雄大もキツく締めつけてしまう。朱鷺は息を詰めた。もうイク、もうイク…ッ！　だが解放はやってこない。行き場のない快楽が体の中を暴れ回っている。苦しくて涙をにじませた朱鷺は、ようやく、自分の根元を握りしめている雄大の意地の悪い手を思いだした。

「やっ、いや…っ、ゆ、だいっ……、放、して…っ」

「イイコト教えてやる。だから我慢しろ」

「いやっいや…っ、やめ…っ、あ、あ、あっ」

朱鷺の解放を強引に押さえこんでおきながら、雄大はイケとばかりに容赦なく朱鷺を攻め上げる。まともに呼吸もできなくて苦しくて、朱鷺はとっさに伸ばした腕でシーツを摑んで逃げようとした。けれど腕に力が入らない。

「あっ…やっ、雄大っ、……イキた…も、イキたいっ」

「だからイケって。出さずにイッたことあるだろ？」

「いやっ、あれ、いや…っ、お願、手…っ、放して…っ」

「じゃ、これでどうだ？」

ふいに雄大の指先が朱鷺の先端にふれた。限界を訴えて濡れきっているそこをズルッとこすられる。その瞬間、体の中からふるえが湧《わ》き起こった。

「あ、あ……あっあっ、あぁぁ…っ」

頭の中が真っ白になった。体はおいてきぼり、感覚だけイッてしまった。キックシーツを握りしめ、息を詰めて激しい快楽をやり過ごす。数瞬をおいて、は…、と息をついたとたん、雄大がゆっくりと腰を動かした。ゼリーのおかげでひどく優しい刺激だ。けれど、

「……っ、やっあ…っ」

信じられなかった。また、絶頂感に襲われた。いや、そうではない。最初にイッた感覚が去らないのだ。射精していれば一瞬で終わる快感が、無理やり引き伸ばされている感じ。わずかに波が引くと、それを狙っていた雄大がまた弛く腰を入れる。また気持ちだけイカされる。

「ひっ……あぁ…っ…あ…」

終わらない。高みに追い上げられたまま落ちてこられない。イイ。頭が変になるほどイイ。だが苦しい。呼吸ができなくて苦しい。

「はぁっ、…っく、はっ…あっあっ…ん、ゆうだ…っ、あ、やめ…っ苦し…っ」

「いいよ、ほら、息をしろ。吸って吐いて、吸って吐いて」

「あ、は…っ、はっ…ん、あ…、雄大、やめて…もう、やめ……あぁっ」

「ちょっとスゴイだろ。おまえの体力がもてば、三十分でも一時間でも、イキっぱなしにしてやれるぞ」

「やめて、お願いっ……あぁっあ……っ」

また新たな波に飲みこまれて、朱鷺は息を詰めた。死ぬ、と思った。よすぎて死んでしまう。ゼリーのぬめりを借りた雄大に小刻みに腰を使われて、かすれた悲鳴をあげた。

「あぁあぁっ…やめ、て、雄大、許してっ……いや、また…っ、……あぁ…っ」

「これで何回イった？　ゼリーを使うとこんなイイコトもできるわけさ。ほら、ちゃんと楽しめ」

「お、お願、お願い雄大っ、も、許し……あっああっ……、っく、あ、許して…っ」

「イキたい？って聞くのも変か、イキっぱなしだもんな。じゃあ出したいか？」

「…したい、出したいっ…お願いっ、あ…あっあっ、いやっ…、いやっまた……っ」

「またイッたか？　体に力が入んなくなってるな……。もしかして限界超えてるか？」

「は…あ…っゆう、だ……お願…ホン、マにっ、お願い……もう、許して……堪忍してぇ…っ」

「うわ、その言葉、クル…」

雄大の呟きと同時に、朱鷺の中の雄大がさらに体積を増した。それすらも快感で、朱鷺が声もなく涙をこぼすと、雄大がゆっくりと腰を引いた。

「いやぁ、ぁ…」

「抜くだけだよ。今度は体もイカせてやるから、出すとこ俺に見せろよ」

雄大が朱鷺の中から自分を引きぬくと、朱鷺の内腿にゼリーが垂れた。うわエロ、と雄大は忍び笑いを洩らし、自分ではもう、指一本動かせそうもない朱鷺を、ころりと表に返す。涙でグチャグチャになった顔が見えて、それがまた雄大を煽《あお》った。雄大は朱鷺の足を摑んで大きく開かせると、溶けきっている後ろに自分自身を押しあてて、色っぽく笑った。

「出すとこ見ててやるから、思いきりぶちまけろ」

「んぁ……、あっ、あぁぁ……っ」

一息に、奥まで犯された。乱暴な刺激に、それでも朱鷺は激しく感じて、ようやく待ち望んでいた一瞬を迎え……、自分の胸に白濁を散らした。


雄大と朱鷺、二人はほとんど口喧嘩をしない。けれど、ほとんどというからには、時たまは口喧嘩をすることもあって、そのパターンは決まっていた。

「おまえは京都の人間だから、日光《にっこう》とか鎌倉《かまくら》とか行きたいのはわかるんだけどさ」

「うん」

「でもほら俺はさ、遠足だ校外学習だ家族旅行だで、関東圏のいわゆる観光地は行っちゃってるわけでさ」

「うん」

「だから、俺も行ったことがなくて、おまえも行ったことがない場所に行きたいわけだよ」

「うん」

「でさ、俺がスキーでよく行ってた場所も外して、かつ東京から行きやすい場所ってことで、長野なんかいいと思うんだけどさ」

「うん、へぇ」

「諏訪《すわ》か飯田《いいだ》か蓼科《たてしな》かってところで迷ってんだよ。俺としては観光よりおまえとゆっくりしたいって気分が大きいんだけど、おまえは初旅行だし、いろいろ見たり遊んだりしてみたいだろ？　そうすっと蓼科かなぁとか思うんだよ。おまえもそう思う？」

「そうやねぇ」

朱鷺はうんざり気分を隠して、おっとりと答えた。例によって夕食後のお茶の時間だ。雄大はまだ仕事が忙しくて、平日は帰りが遅い。土日も出社する日が多いが、それでもさすがに夕方には帰ってくる。そんな土曜日の夜八時だ。

さっきから雄大は、二人で行く旅行の行き先について、熱心に話している。いつ行けるかもわからないのに、どうしてこんなに夢中で話せるんだろうと、朱鷺は不思議に思いながら、うんうんと聞き流していた。そしてお決まりの、同意を求められたら「そうやねぇ」。雄大が会得したように、これで収まるはずなのだ。相手が京都人なら。しかし雄大は東京人なのだった。欲しいのは、「そうやねぇ」ではなく、「意見」だ。雄大はむっと眉を寄せて朱鷺に言った。

「ちょっとおまえさ、聞いてる？」

「うん、聞いてるよ」

「じゃあどう思うんだよ。諏訪か飯田か蓼科か。そもそも長野でいいのかよ？」

「そうやねぇ、それでええんちゃう？」

「おい。おまえと俺の新婚旅行だぞ？　真面目に考えろよ」

グイと頭を押しやられて、朱鷺はパッと顔を赤くして、それでもムッとして答えた。

「やから新婚旅行なんて行かへんって言ってるやんっ」

「なんでだよ？　温泉でしっぽりうっとりしたくないのかよ？」

「温泉は行きたいよっ、でも新婚旅行には行きたくないっ、恥ずかしくていややっ」

「新婚旅行は新婚旅行だろ？　新婚の俺たちが、初めて一緒に行く旅行。新婚旅行以外のなにものでもないじゃないか」

「あーもー、やめて！　普通に温泉旅行って言えばいいやんっ」

「ああそう、わかりました。じゃあおまえは温泉旅行に行くつもりでいろよ。俺は新婚旅行のつもりで行く」

「ちょっと雄大っ」

「なんだよ、まだなんか問題があるのかよ。なに？ 言ってみな？」

「そ、それは…っ」

逆に雄大にうんざり顔で見つめられて、朱鷺はマズい、ダメだと思いながら顔を赤くした。

怪訝《けげん》な表情を浮かべた雄大に、悟られてはいけないと、慌てて朱鷺は答えた。

「じゃ、じゃあ、僕が、し、し、新婚旅行のつもりで行くっ、そやし雄大は温泉旅行のつもりで行ってっ」

「……意味がわかんないんですが」

「それでええやん!? どっちか一人が、し、新婚旅行のつもりなら…っ」

「バカみたいじゃん、だったら俺も新婚旅行のつもりで、…」

「ダ、ダメッ！ 雄大はっ、温泉旅行やないとっ」

「だからなんで」

「とにかくっ、し、新婚旅行はっ、ダメッ」

朱鷺の顔はどんどん赤くなる。雄大はとっくりとその顔を見つめながら、なにか変なスイッチが入ったんだろうなぁと考えた。新婚旅行のなにがそんなに恥ずかしいのか理解できない。言葉の響きで考えたら、婚前旅行のほうが恥ずかしいじゃないか。……そこまで考えて、ハタと気づいた。雄大はニィィッといやらしい笑いを浮かべ、赤い顔でテレビを睨《にら》みつけている朱鷺に言った。

「さてはおまえ」

「なっ、なに!? あっ、いい、いいっ、言わんくていいっ」

「新婚旅行といえば」

「言わんくてええってばっ」

「初夜って考えたんだろ」

「……っ!」

朱鷺の顔が深紅に染まった。どうやら図星のようだ。真っ赤になったまま固まってしまった朱鷺を強引に抱きよせて、雄大は笑いながら言った。

「ホントおまえ、どこかのお嬢さんみたいで可愛いよ」

「う、うるさい…っ」

「なんだよ、そんなこと期待してたのか」

「してへんっ、してへんよ期待なんかっ」

「俺としては、温泉でのんびりだるだる、お互いの家族のこととか、そういうことを語り合おうと思ってたんだけど」

「う、うんっ、それでいいっ、それがいいやんねっ」

「初夜を期待されてたんなら、ヤらねばなりますまい」

「そやしっ、期待なんかしてへんって言うてるやんっ、それに新婚旅行とちゃうっ、温泉旅行っ、温泉旅行っ、ただの旅行に行くんやってばっ」

「ちょっとプラン練り直そう。おまえがアノ声あげても聞かれないように、客室は離れにしないとな～」

「いやーっ、もうっ、行かへん行かへん、行かへんーっ！　放してっ、仕事するんやからっ」

雄大の胸に抱きこまれたまま、朱鷺は真っ赤な顔でぱたぱたと暴れた。それを簡単に封じこめ、いやいやと頭を振る朱鷺に、雄大は楽しそうに湯けむり愛欲プランを聞かせた。

「宿はもちろん、和風旅館だよな。風呂《ふろ》上がりのおまえに浴衣《ゆかた》着せて、裾《すそ》を割ったり、襟元から手を入れたりさ～」

「いやや、聞かへんっ」

「露天でエッチもベーシックプランか？　とすると、露天風呂つきの部屋じゃないとな～」

「行かへんっ、僕はどこも行かへんっ」

「朝イチもいいかもな。早くしないと朝飯が運ばれてきちゃう、なーんてドキドキしながらヤルわけ」

「もうもうもう…っ」

「あとは、地酒で酔わせてから転がしたり、…」

雄大は心底楽しそうにエロプランを述べ立てた。腕の中の朱鷺がどんどん体温を上げていくのが可愛い。布団の中でどれだけ淫《みだ》らな行為を重ねていても、朱鷺の中身はいつまでたっても初心《うぶ》なままだ。それがとても愛しい。

（だからこそ、ちゃんと新婚旅行に連れてって、向こうでささやかな式も挙げてやりたい）

順番に、ちゃんと、朱鷺の居場所を作り、朱鷺を安心させてやりたいのだ。

「あのな、朱鷺」

「な、な、なに!?」

またいやらしいことを言われるんじゃないかと体を硬くする朱鷺に、雄大はそっとキスをして言った。

「会社が落ち着いたら、住民票、移す。いいな？」

「あ、……うん。あの……、嬉しい……」

うつむいた朱鷺が恥ずかしそうに、でも嬉しそうに言う。この表情が見たかった。この言葉が聞きたかった。雄大は自然と微笑をこぼして囁いた。

「朱鷺、朱鷺……、愛してる」

うん、と朱鷺が答えた。僕も、と、そこまで言った唇を、雄大はゆっくりとキスでふさいだ。

あとがき

京都語を話すエロいお兄さんが書きたい。

……こんな怪しげな欲望から、本作『思へば乱るる朱鷺色の』を考え始めたダメな花川戸です。こんにちは。シャレードでは久しぶりの新作です。

朱鷺ちゃんは当初、ただの下半身にだらしのないお兄さんだったのですが、どうしてそんな人になってしまったの、なにがあったの？　と朱鷺に話を聞くうちに、本当は好きな人一途のいい子だったということがわかってきたのです。そうだったのか、朱鷺！　花ちゃんはドキドキしながら朱鷺に、好きな人ってどんな人なの？　などといろいろ聞き、そうして雄大くんが現れ、今度は雄大くんにいろいろと聞き……という具合に、本作はできあがっていきました。ですから今回は、花ちゃんがうんうん考えたというよりも、二人から聞いた話をまとめたという感じです。不思議な気分です。

今回のお話を書くにあたり、いろいろな方にお世話になりました。まず朱鷺ちゃんの話し言葉を東京語から京都語に翻訳して下さったS・F様、ありがとうございました。S・F様がいなければ、朱鷺ちゃんは京都語が話せないところです。本当に感謝しております。それからWEBデザインの仕事について教えて下さったGlutton Studio様、お忙しい時に根ほり葉ほり聞いて申し訳ありませんでした、でもすごく助かりました、ありがとうございました。イラストの日輪早夜先生、柔らかくて暖かいイラストをありがとうございました。ふんわりした雰囲気が二人にぴったりです、嬉しかったです～。担当の藤野様、毎度毎度ギリギリの提出ですみませんっ、今回は後書きまでギリギリ…申し訳ないです、これからもよろしくお願いします。

最後にここまで読んでくれたあなたへ。雄大くんも言っていますが、なにがあっても、考えるなら、見つめるなら、未来のことにしましょう。もし今どん底だったら、一ヶ月後の自分を想像して。一ヶ月後、笑っている自分になれるように、とりあえず顔を上げよう。未来はいつも明るいんだよ。暗いと思うのは背中向けてるからじゃない？　前を見て、明るい方を見つめて、朱鷺みたいにスタート遅くてもいいから、進んでいこう。

二〇〇七年一月

花川戸菖蒲

◆初出一覧◆

思へば乱るる朱鷺色の（シャレード2006年3月号・7月号）

みちゆきは戀ふて美し（書き下ろし）

CHARADE BUNKO

思《おも》へば乱《みだ》るる朱鷺《とき》色《いろ》の

[著　者]　花川戸《はなかわど》菖蒲《あやめ》

[発行所]　株式会社 二見書房
東京都千代田区神田神保町1－5－10
電話　03(3219)2311[営業]
　　　03(3219)2316[編集]
振替　00170－4－2639

[印　刷]　株式会社堀内印刷所
[製　本]　ナショナル製本協同組合

落丁・乱丁本はお取り替えいたします。
定価は、カバーに表示してあります。
©Ayame Hanakawado 2007, Printed in Japan.
ISBN978－4－576－07023－0
http://charade.futami.co.jp/

CHARADE BUNKO

スタイリッシュ＆スウィートな男たちの恋満載

花川戸菖蒲の本

初めて迎える結婚記念日に二人は……

いつかバウムクーヘンのできる日まで

イラスト＝角田 緑

尤書堂シリーズ第6弾！いよいよ初めての結婚記念日を迎える二人。しかしイベント命の望と無頓着な青山では、お互いの案が理解できない。しかし結婚指輪を交換したいという望を諦めさせるため、青山が悩んだ末に決定したお祝いが、きずなをより深めることに♡

CHARADE BUNKO

スタイリッシュ＆スウィートな男たちの恋満載
花川戸菖蒲の本

じわりと胸を熱くする珠玉の名作！

愚直スタイリッシュ

イラスト＝角田 緑

熱い親切青年・朋野と元エリートサラリーマンの翠。性格正反対の二人が営む「便利屋朋野」は、なんでも請け負う庶民の味方。締まり屋の翠が内勤と経理で、朋野が主に肉体労働。そこには、心に大きな傷を抱え、一人では社会に適応できなくなってしまった翠を支える朋野の愛が…

Charade新人小説賞原稿募集！

短編部門
400字詰原稿用紙換算
100～120枚

長編部門
400字詰原稿用紙換算
200～220枚

募集作品 男の子同士、男性同士の恋愛をテーマにした読み切り作品

応募資格 商業誌デビューされていない方

締　切 毎年3月末日、9月末日の2回　必着（末日が土日祝日の場合はその前の平日。必着日以降の到着分は次回へ回されます）

審査結果発表 Charade9月号（7/29発売）、3月号（1/29発売）誌上
審査結果掲載号の発売日前後、応募者全員に寸評を送付

応募規定 ・400字程度のあらすじと応募用紙※1（原稿の1枚目にクリップなどでとめる）を添付してください　・書式は縦書きで1ページあたり20字×20行か20字×40行　・原稿にはノンブルを打ってください　・受付作業の都合上、一作品につき一つの封筒でご応募ください（原稿の返却はいたしませんのであらかじめコピーを取っておいてください）

受付できない作品 ・編集部が依頼した場合を除く手直し再投稿　・規定外のページ数　・未完作品（シリーズもの等）・他誌との二重投稿作品　・商業誌で発表済みのもの

そのほか 優秀作※2はCharade、シャレード文庫にて掲載、出版する場合があります。その際は小社規定の原稿料、もしくは印税をお支払いします。

※1 応募用紙はCharade本誌（奇数月29日発売）についているものを使用してください。どうしても入手できない場合はお問い合わせください ※2 各賞については本誌をご覧ください

応募はこちらまで　　？お問い合わせ 03-3219-2316

〒101-8405 東京都千代田区神田神保町1-5-10
二見書房 シャレード編集部　新人小説賞（短編・長編）部門 係